Contemporánea

Adolfo Bioy Casares nació en Buenos Aires el 15 de septiembre de 1914. Desde niño se interesó por la literatura, que descubrió en la biblioteca familiar donde abundaban los libros de autores argentinos y extranjeros, en especial ingleses y franceses. Publicó algunas obras en su primera juventud, pero su madurez literaria se inició con la novela *La invención de Morel* (1940), a la que siguieron otras como *Plan de evasión* (1945), *El sueño de los héroes* (1954), *Diario de la guerra del cerdo* (1969), *Dormir al sol* (1973) y *La aventura de un fotógrafo en La Plata* (1985), así como numerosos libros de cuentos, entre los que destacan *La trama celeste* (1948), *Historia prodigiosa* (1956), *El lado de la sombra* (1962), *El héroe de las mujeres* (1978) e *Historias desaforadas* (1986). Publicó asimismo ensayos, como *La otra aventura* (1968), y sus *Memorias* (1994). En colaboración con Silvina Ocampo, su esposa, escribió la novela *Los que aman, odian* (1946), y con Jorge Luis Borges varios volúmenes de cuentos bajo el seudónimo H. Bustos Domecq. Los tres compilaron la influyente *Antología de la literatura fantástica* (1940). Maestro de este género, de la novela breve y del cuento clásico, fue distinguido con el Premio Cervantes de literatura en 1990. Murió en su ciudad natal el 8 de marzo de 1999.

Adolfo Bioy Casares

Plan de evasión

DEBOLS!LLO

Papel certificado por el Forest Stewardship Council®

MIXTO
Papel procedente de
fuentes responsables
FSC® C117695

Penguin
Random House
Grupo Editorial

Primera edición en Debolsillo: marzo de 2023

© 1945, Adolfo Bioy Casares
© 2022, Herederos de Adolfo Bioy Casares
© 2022, 2023, Penguin Random House Grupo Editorial, S.A.U.
Travessera de Gràcia, 47-49. 08021 Barcelona
Diseño de la cubierta: Penguin Random House Grupo Editorial / Raquel Cané
Imagen de la cubierta: © Luis Médici
Fotografía del autor: © Alicia D´Amico

Printed in Spain – Impreso en España

ISBN: 978-84-663-6427-0
Depósito legal: B-709-2023

Impreso en Novoprint
Sant Andreu de la Barca (Barcelona)

P 3 6 4 2 7 0

A Silvina Ocampo

Whilst my Physitians by their love are growne
Cosmographers, and I their Mapp...

JOHN DONNE, *Hymne to God my God,*
in my sicknesse.

I

27 de enero.
22 de febrero.

Todavía no se acabó la primera tarde en estas islas y ya he visto algo tan grave que debo pedirte socorro, directamente, sin ninguna delicadeza. Intentaré explicarme con orden.

Éste es el primer párrafo de la primera carta de mi sobrino, el teniente de navío Enrique Nevers. Entre los amigos y los parientes no faltarán quienes digan que sus inauditas y pavorosas aventuras parecen justificar ese tono de alarma, pero que ellos, «los íntimos», saben que la verdadera justificación está en su carácter pusilánime. Yo encuentro en aquel párrafo la proporción de verdad y de error a que pueden aspirar las mejores profecías; no creo, además, que sea justo definir a Nevers como cobarde. Es cierto que él mismo ha reconocido que era un héroe totalmente inadecuado a las catástrofes que le ocurrían. No hay que olvidar cuáles eran sus verdaderas preocupaciones; tampoco, lo extraordinario de aquellas catástrofes.

Desde el día en que partí de Saint-Martin, hasta hoy, inconteniblemente, como delirando, he pensado en Irene, dice Nevers con su habitual falta de pudor, y continúa:

También he pensado en los amigos, en las noches conversadas en algún café de la rue Vauban, entre espejos oscuros y en el borde ilusorio de la metafísica. Pienso en la vida que he dejado y no sé a quién aborrecer más: a Pierre o a mí.

Pierre es mi hermano mayor; como jefe de familia, decidió el alejamiento de Enrique; recaiga sobre él la responsabilidad.

El 27 de enero de 1913 mi sobrino se embarcó en el *Nicolás Baudin*, rumbo a Cayena. Los mejores momentos del viaje los pasó con los libros de Julio Verne, o con un libro de medicina, *Los morbos tropicales al alcance de todos,* o escribiendo sus *Addenda* a la *Monografía sobre los juicios de Oléron*; los más ridículos, huyendo de conversaciones sobre política o sobre la próxima guerra, conversaciones que después lamentó no oír. En la bodega viajaban unos cuarenta deportados; según confesión propia, imaginaba de noche (primero como un cuento para olvidar el terrible destino; después, involuntariamente, con insistencia casi molesta) bajar a la bodega, amotinarlos. *En la colonia no hay peligro de recaer en esas imaginaciones*, declara. Confundido por el espanto de vivir en una prisión, no hacía distingos: los guardias, los presidiarios, los liberados: todo le repelía.

El 18 de febrero desembarcó en Cayena. Lo recibió el ayudante Legrain, un hombre andrajoso, *una especie de peluquero de campaña, con ensortijado pelo rubio y ojos celestes.* Nevers le preguntó por el gobernador.

—Está en las islas.

—Vamos a verlo.

—Está bien —dijo suavemente Legrain—. Hay tiempo de llegarnos hasta la gobernación, tomar algo y descansar. Hasta que salga el *Schelcher*, no puede ir.

—¿Cuándo sale?

—El 22.

Faltaban cuatro días.

Subieron a una deshecha victoria, encapotada, oscura. Trabajosamente Nevers contempló la ciudad. Los pobladores eran negros, o blancos amarillentos, con blusas demasiado amplias y con anchos sombreros de paja; o los presos, a rayas rojas y blancas. Las casas eran unas casillas de madera, de color ocre, o rosado, o verde botella, o celeste. No había pavimento; a veces los envolvía una escasa polvareda rojiza. Nevers escribe: *El modesto palacio de la gobernación debe su fama a tener piso alto y a las maderas del país, durables como la piedra, que los jesuitas emplearon en la construcción. Los insectos perforadores y la humedad empiezan a podrirlo.*

Esos días que pasó en la capital del presidio le parecieron *una temporada en el infierno*[1]. Cavilaba sobre su debilidad, sobre el momento en que, para evitar discusiones, había consentido en ir a Cayena, en alejarse por un año de su prometida. Temía todo: desde la enfermedad, el accidente, el incumplimiento en las funciones, que postergara o vedara el regreso, hasta *una inconcebible traición de Irene.* Imaginó que estaba condenado a esas calamidades por haber permitido, sin resistencia, que dispusieran de su destino. Entre presidiarios, liberados y carceleros, se consideraba un presidiario.

En víspera de partir a las islas, unos señores Frinziné lo invitaron a cenar. Preguntó a Legrain si podía excusarse. Legrain dijo que eran personas «muy sólidas» y que no convenía enemistarse con ellas. Agregó:

—Ya están de su lado, por lo demás. El gobernador ofendió a toda la buena sociedad de Cayena. Es un anarquista.

Busqué una respuesta desdeñosa, brillante, escribe Nevers. *Como no la encontré en seguida, tuve que agradecer el consejo, entrar en esa política felona y ser acogido a las nueve en punto por los señores Frinziné.*

---

[1] *Une Saison en enfer.* (NOTA DEL EDITOR)

Mucho antes empezó a prepararse. Llevado por el temor de que lo interrogaran, o tal vez por un diabólico afán de simetrías, estudió en el Larousse el artículo sobre prisiones.

Serían las nueve menos veinte cuando bajó las escalinatas del palacio de gobierno. Cruzó la plaza de las palmeras, se detuvo a contemplar el desagradable monumento a Victor Hugues, condescendió a que un lustrabotas le diera cierto brillo, y, rodeando el Parque Botánico, llegó frente a la casa de los Frinziné; era amplísima y verde, con paredes anchas, de adobe.

Una ceremoniosa portera lo guió por largos corredores, a través de la destilería clandestina y, en el pórtico de un salón purpúreamente alfombrado y con doradas incrustaciones en las paredes, gritó su nombre. Había unas veinte personas. Nevers recordaba a muy pocas: a los dueños de casa —el señor Felipe, la innominada señora, y Carlota, la niña de doce o trece años— plenamente obesos, bajos, tersos, rosados; a un señor Lambert, que lo arrinconó contra una montaña de masas y le preguntó si no creía que lo más importante en el hombre era la dignidad (Nevers comprendió con alarma que esperaba una respuesta; pero intervino otro de los invitados: «—Tiene razón, la actitud del gobernador…». Nevers se alejó. Quería descubrir el «misterio» del gobernador, pero no quería complicarse en intrigas. Repitió la frase del desconocido, repitió la frase de Lambert, se dijo «cualquier cosa es símbolo de cualquier cosa» y quedó vanamente satisfecho). Recordaba también a una señora Wernaer: los rondaba lánguidamente y él se acercó a hablarle. Inmediatamente conoció la evolución de Frinziné, rey de las minas de oro de la colonia, ayer peón de limpieza en un despacho de bebidas. Supo también que Lambert era comandante de las islas; que Pedro Castel, el gobernador, se había establecido en las islas y que había enviado a Cayena al comandante. Esto era objetable: Cayena siempre había sido el asiento de la gobernación. Pero Castel era un subversivo, quería estar solo con los presos… La señora acusó también a Castel de escribir, y de publicar en prestigiosos periódicos gremiales, pequeños poemas en prosa.

Pasaron al comedor. A la derecha de Nevers se sentó la señora Frinziné y a su izquierda la esposa del presidente del Banco de Guayana; enfrente, más allá de cuatro claveles que se arqueaban sobre un alto florero de vidrio azul, Carlota, la hija de los dueños de casa. Al principio hubo risas y gran animación. Nevers advirtió que a su alrededor la conversación decaía. Pero, confiesa, cuando le hablaban no contestaba: trataba de recordar qué había preparado esa tarde en el Larousse; por fin superó esa amnesia, el júbilo se traslució en las palabras, y con *horrible entusiasmo* habló del urbano Bentham, autor de *La Defensa de la Usura* e inventor del cálculo hedónico y de las cárceles panópticas; evocó también el sistema carcelario de trabajos inútiles y el mustio, de Auburn. Creyó notar que algunas personas aprovechaban sus silencios para cambiar de tema; mucho después se le ocurrió que hablar de prisiones tal vez no fuera oportuno en esa reunión; estuvo confundido, sin oír las pocas palabras que todavía se decían, hasta que de pronto oyó en labios de la señora Frinziné (*como oímos de noche nuestro propio grito, que nos despierta*) un nombre: René Ghil. Nevers «explica»: *Yo, aun inconscientemente, podía recordar al poeta; que lo evocara la señora de Frinziné era inconcebible.* Le preguntó con impertinencia:

—¿Usted conoció a Ghil?

—Lo conozco mucho. No sabe las veces que me tuvo en sus rodillas, en el café de mi padre, en Marsella. Yo era una niña… una señorita, entonces.

Con súbita veneración, Nevers le preguntó qué recordaba del poeta de la armonía.

—Yo no recuerdo nada, pero mi hija puede recitarnos un verso precioso.

Había que obrar, y Nevers habló inmediatamente de los Juicios de Oléron, ese gran *coutumier* que fijó los derechos del océano. Trató de inflamar a los comensales contra los renegados o extranjeros que pretendían que Ricardo Corazón de León era el autor de los Juicios; también los previno contra la candidatura, más romántica pero tan falaz, de Eleonora de Guyena. No —les dijo—, esas joyas (como los inmortales poemas del bardo ciego) no eran la obra de un solo genio; eran el producto de los ciudadanos de nuestras islas, distintos y eficaces como cada partícula de un aluvión. Recordó por fin al liviano Pardessus y encareció a los presentes que no se dejaran arrastrar por su herejía, brillante y perversa. *Una vez más tuve que suponer que mis temas interesaban a otras minorías*, confiesa, pero sintió compasión por las personas que lo escuchaban y preguntó:

—¿El gobernador querrá ayudarme en mis investigaciones sobre los Juicios?

La pregunta era absurda; *pero aspiraba a darles el pan y el circo, la palabra «gobernador», para que fueran felices.* Discutieron sobre la cultura de Castel; convinieron sobre su «encanto personal»; Lambert intentó compararlo con el sabio de un libro que había leído: un anciano debilísimo, con planes para volar la Ópera Cómica. La conversación se desvió sobre el costo de la Ópera Cómica y sobre cuáles teatros eran más grandes, los de Europa o los de América.

La señora Frinziné dijo que los pobres guardias pasaban hambre a causa del jardín zoológico del gobernador.

—Si no tuvieran sus gallineros privados…
—insistió, gritando para que la oyeran.

A través de los claveles, miraba a Carlota; ella seguía callada, con los ojos recatadamente posados en el plato.

A medianoche salió a la terraza. Apoyado en la balaustrada, contemplando vagamente los árboles del Parque Botánico, oscuros y mercuriales en el resplandor de la luna, recitó poemas de Ghil. Se interrumpió; creyó percibir un leve rumor; se dijo: es el rumor de la selva americana; parecía, más bien, un rumor de ardillas o de monos; entonces vio a una mujer que le hacía señas desde el Parque; trató de contemplar los árboles y de recitar los poemas de Ghil; oyó la risa de la mujer.

Antes de salir vio otra vez a Carlota. Estaba en el cuarto donde se amontonaban los sombreros de los invitados. Carlota extendió un brazo corto, con la mano cerrada; la abrió; Nevers, confusamente, vio un resplandor; después, una sirena de oro.

—Te la doy —dijo la niña, con simplicidad.

En ese momento entraron unos señores. Carlota cerró la mano.

No durmió esa noche; pensaba en Irene y se le aparecía Carlota, obscena y fatídica; tuvo que prometerse que nunca iría a las islas de la Salvación; que en el primer barco volvería a Ré.

El 22 se embarcó en el ferruginoso *Schelcher*. Entre señoras negras, pálidas, mareadas, y grandes jaulas de pollos, todavía enfermo por la cena de la víspera, hizo el viaje a las islas. Preguntó a un marinero si no había otro medio de comunicación entre las islas y Cayena.

—Un domingo el *Schelcher*, otro el *Rimbaud*. Pero los de la administración no pueden quejarse, con su lancha…

Todo fue ominoso desde que salí de Ré, escribe, *pero al ver las islas tuve un repentino desconsuelo.* Muchas veces había imaginado la llegada; al llegar sintió que se perdían todas las esperanzas: ya no habría milagro, ya no habría calamidad que le impidiera ocupar su puesto en la prisión. Después reconoce que el aspecto de las islas no es desagradable. Más aún: con las palmeras altas y las rocas, eran la imagen de las islas que siempre había soñado, con Irene; sin embargo, irresistiblemente, lo repelían, y nuestro miserable caserío de Saint-Martin estaba como iluminado en su recuerdo.

A las tres de la tarde llegó a la isla Real. Anota: *En el muelle estaba esperándome un judío moreno, un tal Dreyfus.* Nevers en seguida lo trata de «señor gobernador». Un guardia le susurra al oído:

—No es el gobernador; es Dreyfus, el liberado.

Dreyfus no debió de oír, porque dijo que el gobernador estaba ausente. Lo condujo a su departamento en la Administración; no tenía el romántico (pero decaído) esplendor del palacio de Cayena; era habitable.

—Estoy bajo su gobierno —afirmó Dreyfus mientras abría las valijas—. Mi destino es atender al señor gobernador y a usted, mi teniente. Ordene lo que guste.

Era un hombre de mediana estatura, de tez verdosa, de ojos muy chicos y brillantes. Hablaba sin moverse, con una suavidad total. Al escuchar entrecerraba los ojos y estiraba apenas la boca: *en su expresión hay un evidente sarcasmo, una reprimida sagacidad.*

—¿Dónde está el gobernador?

—En la isla del Diablo.

—Iremos allí.

—Imposible, mi teniente. El señor gobernador ha prohibido el ingreso en la isla.

—¿Y usted me prohíbe salir a caminar? —La frase era débil. Pero Nevers salió dando un portazo fuerte. Inmediatamente Dreyfus apareció a su lado. Le preguntó si podía acompañarlo y *sonrió con asquerosa dulzura.* Nevers no le contestó; pasearon juntos. *La isla no es un lugar ameno: en todas partes, el horror de ver presidiarios, el horror de mostrarse libre entre presidiarios.*

—El gobernador lo espera ansiosamente —dijo Dreyfus—. Estoy seguro de que esta misma noche lo visitará.

Nevers creyó percibir alguna ironía. Se pregunta: ¿es simplemente una manera de hablar, o su perspicacia de judío le reveló que yo maldecía al gobernador? Dreyfus elogió al gobernador, se felicitó por la dicha de Nevers (pasar algunos años de juventud a la sombra de un jefe tan sabio y afable), y por su propia dicha.

—Espero que no sean años —dijo Nevers con audacia, y corrigió—: Espero que no sean años los que yo deba caminar con usted.

Llegó hasta unas grandes rocas en la costa. Contempló la isla de San José (enfrente), la isla del Diablo (entre las olas, más lejos). Creía que estaba solo. Repentinamente, Dreyfus le habló con su tono más suave. Sintió el vértigo y el miedo de caer en el mar.

—Soy yo, apenas.

Dreyfus continuó:

—Ya me voy, mi teniente. Pero tenga cuidado. Es fácil resbalar por el musgo de las rocas, y debajo del agua lo miran los tiburones.

Siguió contemplando las islas (con más cuidado, disimulando que ponía más cuidado).

Entonces, cuando quedó solo, hizo el atroz descubrimiento. Creyó ver enormes serpientes entre la vegetación de la isla del Diablo; pero, olvidado del peligro que lo acechaba en el mar, dio unos pasos y vio en pleno día, como Cawley en la noche astrológica del lago Neagh, o como el piel roja en el lago de los Horcones, un verdoso animal antediluviano; absorto, caminó hacia otras rocas; *la nefasta verdad* se reveló: la isla del Diablo estaba «camouflada». Una casa, un patio de cemento, unas rocas, un pequeño pabellón, estaban «camouflados».

¿Qué significa esto? —escribe Nevers—. *¿Que es un perseguido, el gobernador? ¿Un loco? ¿O significa la guerra?* Creía en la hipótesis de la guerra: pedía su traslado a un buque. *¿O pasaré aquí toda la guerra, lejos de Irene? ¿O seré un desertor?* Agrega en un «post-scriptum»: *Hace ocho horas que he llegado. Todavía no he visto a Castel, no pude interpelarlo sobre estos camouflages, no pude oír sus mentiras.*

II

23 de febrero.

Nevers recorrió las islas Real y San José (en su carta del 23, me dice: *Todavía no encontré una excusa para presentarme en la isla del Diablo*).

Las islas Real y San José no tendrán más de tres kilómetros cuadrados cada una; la del Diablo es un poco menor. Según Dreyfus, había, en total, unos setecientos cincuenta pobladores: cinco en la isla del Diablo (el gobernador, el secretario del gobernador y tres presos políticos), cuatrocientos en la isla Real, algo más de trescientos cuarenta en la de San José. Las principales construcciones están en la isla Real: la Administración, el faro, el hospital, los talleres y depósitos, el «galpón colorado». En la isla San José hay un campamento rodeado por un muro, y un edificio —«el castillo»— compuesto de tres pabellones: dos para condenados a reclusión solitaria y uno para locos. En la isla del Diablo hay un edificio con azoteas, que parece nuevo, algunas cabañas con techo de paja, y una torre decrépita.

Los presidiarios no están obligados a ejecutar ningún trabajo; casi todo el día vagan libremente por las islas (con excepción de los recluidos en el «castillo», que no salen nunca). Vio a los recluidos: *en celdas diminutas, mojadas, solitarios, con un banco y un trapo, oyendo el ruido del mar y la incesante gritería de los locos, extenuándose para escribir con las uñas un nombre, un número, en las paredes, ya imbéciles.* Vio a los locos: *desnudos, entre restos de legumbres, aullando.*

Volvió a la isla Real; recorrió el galpón colorado. Tenía fama de ser el lugar más corrompido y sangriento de la colonia. Los carceleros y los presidiarios esperaban su visita. Todo estaba en orden, *en una suciedad y miseria inolvidables,* Nevers comenta con desaforado sentimentalismo.

Tembló al entrar en el hospital. Era un sitio *casi agradable.* Vio menos enfermos que en el «castillo» y que en el galpón colorado. Preguntó por el médico.

—¿Médico? Hace tiempo que no tenemos —dijo un carcelero—. El gobernador y el secretario atienden a los enfermos.

Aunque sólo consiga la enemistad del goberna-
dor, escribe, *trataré de ayudar a los presidiarios.*
Luego ensaya esta oscura reflexión: *al obrar así me*
haré cómplice de la existencia de prisiones. Añade
que evitará todo lo que pueda postergar su regreso
a Francia.

III

El gobernador seguía en la isla del Diablo,
ocupado en trabajos misteriosos, que Dreyfus ignoraba o decía ignorar. Nevers resolvió descubrir
si ocultaban algún peligro. Tendría que obrar con
mucha cautela; para acercarse a la isla, el pretexto
de llevar alimentos o correspondencia no era vá-
lido; es verdad que había una lancha y más de un
bote; pero también había un alambre-carril, y
una orden de usarlo. Dreyfus dijo que emplea-
ban ese aparato (en el que no cabe un hombre)
porque alrededor de la isla del Diablo el mar solía
estar bravo. Lo miraron: estaba calmo. Entonces
Dreyfus le preguntó si creía que el alambre-carril
había sido instalado por órdenes de Castel.

—El aparato estaba montado cuando vine
aquí —agregó—. Desgraciadamente, faltaban
muchos años para que nombraran gobernador al
señor Castel.

—¿Y quiénes viven en la isla? —preguntó Nevers (distraído: Dreyfus le dijo eso el 23).

—El gobernador, el señor De Brinon y tres presidiarios políticos. Había otro más, pero el gobernador lo pasó al galpón colorado.

Esto (poner un preso político entre los presos comunes) debió de causar una indignación muy franca y general; tan general que Nevers la descubrió en las palabras de ese *fanático secuaz del gobernador*. El mismo Nevers estuvo ofuscado, repitiéndose que no toleraría la infamia. Después entrevió que ese acto de Castel le deparaba la menos peligrosa ocasión de averiguar qué pasaba en la isla del Diablo; pensó que el presidiario no tendría inconveniente en hablar (y que si tenía, bastaría simular aversión por Castel). Le preguntó a Dreyfus cómo se llamaba el presidiario.

—Ferreol Bernheim.

Agregó un número. Nevers sacó una libreta y apuntó los datos a la vista de Dreyfus; después le preguntó quién era De Brinon.

—Una maravilla, un Apolo —dijo Dreyfus con sincero entusiasmo—. Es un joven enfermero, de familia noble. El secretario del gobernador.

—¿Por qué no hay médicos en las islas?

—Siempre hubo un médico, pero ahora el gobernador y el señor De Brinon custodian por sí mismos a los enfermos.

Ninguno de los dos era médico. *Puede alegarse que tampoco lo era Pasteur* —Nevers comenta con petulancia—. *Ignoro si es prudente estimular a los curanderos*. En el «castillo» y en el galpón colorado vio toda clase de enfermos, desde el anémico hasta el leproso. Condenaba a Castel, pensaba que debía sacar de las islas a los enfermos, mandarlos a un hospital. Finalmente descubrió que su apasionada reprobación no era ajena a un *pueril* temor de contagiarse, de no ver, otra vez, a Irene, de quedarse en las islas *unos pocos meses, hasta la muerte.*

IV

3 de marzo.

Hoy he cometido una imprudencia —dice en su carta del 3 de marzo.

Había conversado con Bernheim. A la tarde fue al galpón colorado y lo hizo llamar. Era un hombrecito con la cara rasurada, de color de vieja pelota de goma, con los ojos oscuros, muy profundos, y una mirada canina, que venía de lejos, de abajo, humildemente. Se cuadró como un soldado alemán y trató de erguirse; consiguió mirar de un modo oblicuo.

—¿Qué desea? —La voz era altiva; la mirada, tristísima—. La autoridad es todo para mí, pero con las actuales autoridades no quiero más trato que…

Nevers hizo un ademán de asombro. Dijo, ofendido:

—No soy responsable de lo que sucedió antes de mi llegada.

—Tiene razón —reconoció Bernheim, derrotado.

—Entonces, ¿qué sucedió?

—Nada —replicó—. Nada: esa rata de aguas que desacredita la autoridad, me saca de la isla del Diablo y me junta con los presos comunes.

—Usted habrá cometido alguna falta.

—Es claro —dijo casi gritando—. Yo pregunté eso mismo. Pero usted sabe mis obligaciones: 1. Juntar cocos. 2. Volver puntualmente a la cabaña. Le juro: no nació el hombre que se me adelante en puntualidad.

—Trataré de que lo devuelvan a su isla.

—No intervenga, mi jefe. Yo no quiero deber nada al señor gobernador. Yo soy una llaga en la conciencia de Francia.

Absurdamente, Nevers escribe: *Bernheim parecía embelesado; admiraba mi cicatriz. La gente imagina que ese tajo es el recuerdo de una pelea. Sería conveniente que los presidiarios imaginaran que es un signo de agresividad.*

No debería aludir tan ligeramente a un tajo que, exceptuando a las mujeres (¡sospecho que las atrae!), desagrada al género humano. Nevers sabe que no es signo de agresividad. Debería saber que es el signo de una idiosincrasia que lo distingue, tal vez, en la historia de la psicología morbosa. He aquí el origen de esa mácula: Nevers tenía doce o trece años. Estudiaba en un jardín, cerca de una oscura glorieta de laureles. Una tarde vio salir de la glorieta a una niña con una confusa cabellera, a una niña que lloraba y que sangraba. La vio irse; un alucinado horror le impidió ayudarla. Quiso inspeccionar la glorieta; no se atrevió. Quiso huir; lo retuvo la curiosidad. La niña no vivía lejos; sus hermanos, tres muchachos un poco mayores que Nevers, aparecieron muy pronto. Entraron en la glorieta; salieron en seguida. Le preguntaron si no había visto a algún hombre. Contestó que no. Los muchachos se iban. Sintió una desesperada curiosidad, y les gritó: «No vi a nadie porque estuve toda la tarde en la glorieta». Me dijo que debió de gritar como un demente, porque si no los muchachos no le hubieran creído. Le creyeron y lo dejaron por muerto.

Vuelvo al relato de ese 3 de marzo, en las islas. Salieron a caminar. Ya habían hablado mucho cuando Nevers pensó que su conducta no era prudente. La impulsiva franqueza de Bernheim lo había conquistado. Se encontró asintiendo, o tolerando sin rebatir, *certeras* invectivas contra el gobernador y contra la justicia francesa. Recordó que no estaba allí para compartir la indignación de ese hombre, ni para defenderlo de las injusticias; estaba, simplemente, para interrogarlo, porque temía que en el misterio de la isla del Diablo hubiera algo que pudiera postergar su regreso. Consiguió razonar esto mientras Bernheim lo asediaba con elocuencia, padecía de nuevo sus calamidades y repetía que él era la peor ignominia de nuestra historia. Nevers resolvió interrumpirlo:

—Y ahora que terminó los «camouflages», ¿qué hace el gobernador?

—Está «camouflando» el interior de la casa. —Y agregó—: Pero veremos de qué le sirven los «camouflages» cuando…

Nevers no lo oía. Si Castel había «camouflado» el interior de la casa, estaba loco; si estaba loco, él podía olvidar sus temores.

Estaba satisfecho de la entrevista; *sin embargo*, pensó, *el gobernador debe ignorarla; debo cuidarme de sus cavilaciones y astucias de enfermo.*

Cuando volvía a la Administración vio a un hombre caminando a lo lejos, entre las rocas y las palmeras de la isla del Diablo. Lo seguía una manada de heterogéneos animales. Un carcelero le dijo que ese hombre era el gobernador.

V

El 5 escribe: *Aunque me esperaba ansiosamente, el gobernador todavía no vino. Mi urgencia en ver a ese caballero tiene límites: por ejemplo, quiero saber si la pérdida de la razón es total o no; si debo encerrarlo o si el desorden está circunscripto a una manía.* Deseaba aclarar otros puntos: ¿Qué hacía De Brinon? ¿Cuidaba al enfermo? ¿Lo maltrataba?

Si el gobernador no estaba totalmente loco, Nevers lo consultaría sobre la administración. Actualmente, la administración no existía. ¿Qué debía inferir? ¿Locura? ¿Desinterés? *En este caso el gobernador no sería abyecto.* Pero, ¿cómo no desconfiar de un hombre que tiene vocación para dirigir un presidio? *Sin embargo,* reflexionó, *yo estoy aquí; ¿es la vocación lo que me ha traído?*

En la biblioteca de Castel había libros de medicina, de psicología y algunas novelas del siglo XIX; escaseaban los clásicos. Nevers no era un estudioso de medicina. El único fruto que sacó de *Los morbos tropicales al alcance de todos* fue un agradable pero efímero prestigio entre los sirvientes de su casa: por lo menos esto era lo que creía el 5 de marzo.

En la carta de esa fecha me agradece unos libros que le mandé, y me dice que su primo Xavier Brissac fue la única persona de la familia que lo despidió. *Desgraciadamente* —escribe— *el barco se llamaba «Nicolás Baudin»; Xavier aprovechó la oportunidad y recordó lo que todos los pobladores de Oléron y Ré, en todas las combinaciones posibles alrededor de las mesas del «Café du Mirage», han repetido: Nicolás Baudin era autor de los descubrimientos que los ingleses atribuyeron a Flinders.* Xavier habría añadido, finalmente, que la estada de Nevers en aquellas islas, propicias al entomólogo y al insecto, esperaba, para la gloria de Francia, trabajos tan sólidos como los de Baudin; pero no trabajos de entomólogo: trabajos más adecuados a la naturaleza de Nevers.

Después habla de Dreyfus: *Debo reconocer que es menos abrumador en su archipiélago que en nuestra literatura. Lo he visto apenas, casi no lo he oído, pero todo fue correcto y puntual, con excepción del café: primoroso.* En seguida se pregunta si no sería fatídica esa reconciliación, si no sería un principio de reconciliación con el destino, y agrega: *En algún insomnio he conocido este miedo: la relajación que produce el trópico, llegar a no desear el regreso. Pero, ¿cómo aludir a tales peligros? Es una ilusión temerlos. Es querer soñar que no existen el clima, los insectos, la increíble prisión, la falta minuciosa de Irene.*

Sobre la prisión, sobre los insectos y aun sobre la falta de Irene, no haré objeciones. En cuanto al clima, creo que exagera. Los sucesos que nos ocupan ocurrieron en febrero, marzo y abril; en invierno; es verdad que allí suele intercalarse un verano de marzo; es verdad que el invierno de las Guayanas es tan bochornoso como el verano de París..., pero Nevers, contra la voluntad de sus mayores, ha pasado más de una vacación en París, y no se ha quejado.

Seguía buscando una explicación para la conducta del gobernador; a veces temía haber aceptado con demasiada facilidad la hipótesis de la locura. Se propuso no olvidar que era una hipótesis: se fundaba exclusivamente en las palabras de Bernheim; quizá en un modo casual de hablar; quizá había dicho: «está *camouflando* el interior» para significar que lo pintaba de un modo extravagante. O tal vez se fundaba en un error de observación, o en una deficiencia del observador. Si las manchas que está pintando Castel en el interior son iguales a las del exterior, pensó, ¿no será justo deducir que en ninguno de los dos casos se trata de «camouflages»? *Tal vez sea un experimento, algo que ni Bernheim ni yo comprendemos. De todos modos,* dice con patética esperanza, *hay una probabilidad de que esas pinturas no sean el presagio de una próxima guerra.*

VI

Una noche, en la terraza, mientras Dreyfus le servía el café, conversaron. *Porque aborrezco todo lo que hay en esta colonia, he sido injusto con el pobre judío,* escribe Nevers. Dreyfus era hombre de alguna lectura —conocía los títulos de casi todos los volúmenes de la biblioteca—, *versado en historia, dotado naturalmente para hablar el francés y el español con sentenciosa elegancia, con ironía levísima, eficaz.* El empleo de algunos giros arcaicos podía sugerir que su manera de hablar fuera estudiada.

Nevers sospechó una explicación menos fantástica: Dreyfus debía de ser un judío español, uno de esos que él había visto en El Cairo y en Salónica: rodeados de gentes de otras lenguas, seguían hablando el español que habían hablado en España, cuando los echaron, hacía cuatrocientos años. Quizá los antepasados fueran comerciantes o marinos y supieran el francés y quizá en boca de Dreyfus él estuviera oyendo idiomas de la Edad Media.

Pensaba que el gusto literario de Dreyfus no era exquisito. En vano trató de obtener su promesa (*que nada le costaba y que hubiera tranquilizado mi conciencia*) de leer algún día las obras de Teócrito, de Mosco, de Bión, *o siquiera, de Marinetti*. En vano trató de evitar que le contara *El misterio del cuarto amarillo*.

Según Nevers, los trabajos históricos de su ordenanza no se limitaban a la sedentaria lectura; había hecho algunas investigaciones personales, concernientes al pasado de la colonia; prometió mostrarle cosas de interés; Nevers no le dijo que su *interés consistía en desconocer el presente y la historia de esa penosa región*.

Después le preguntó por qué había tantos locos en las islas.

—El clima, las privaciones, los contagios —afirmó Dreyfus—. No crea que todos estaban sanos como usted, cuando llegaron. Este asunto desata las mejores calumnias: le dirán que si un gobernador quiere librarse de tal o cual ayudante, lo finge orate y lo encierra.

Para cambiar de conversación, Nevers preguntó qué hacía el gobernador con los animales. Dreyfus se tapó la cara; habló con voz temblorosa y lenta.

—Sí, es horrible. Usted quiere que yo reconozca… Pero es un gran hombre.

Nevers dice que la contenida agitación de Dreyfus aumentaba y que él mismo estaba nervioso, como si presintiera una atroz revelación. Dreyfus continuó:

—Ya sé: hay cosas que no se alegan. Mejor olvidarlas, olvidarlas.

Nevers no se atrevió a insistir. Comenta: *Un perro puede tolerarse como el vanidoso apéndice de* tante *Brissac. Pero, ¿cómo tratar, cuál es el límite de asco para tratar a un hombre que se rodea de manadas de malolientes animales? La amistad con un animal es imposible; la convivencia, monstruosa,* continúa mi sobrino, buscando una endeble originalidad. *El desarrollo sensorial de los animales es diferente del nuestro. No podemos imaginar sus experiencias. Amo y perro nunca vivieron en el mismo mundo.*

La presencia de los animales y el espanto de Dreyfus sugieren algo —aclara sibilinamente mi sobrino— *que no se parece a la realidad.* Pero Castel no era un sabio incomprendido o siniestro; era un loco, o un sórdido coleccionista que gastaba los alimentos de los presidiarios en su jardín zoológico.

Sin embargo, afirma: *No escribiré a los diarios; hoy mismo no delataré a Castel.* Que algún gobernador haya declarado loco a su enemigo podía ser una calumnia anónima o una infidencia de Dreyfus. Pero quizá juzgara imprudente enemistarse con el gobernador de una cárcel, especialmente si la cárcel era una isla en medio del mar. Volvería alguna vez a Francia, y si quería elegir la delación... Pero estaría con Irene, sería feliz, y las apasionadas intenciones de ahora serían parte del sueño de la isla del Diablo, atroz y pretérito. Sentía como si despertara a mitad de la noche: comprendía que volvería a dormirse y que por unas horas seguiría soñando, pero se aconsejaba no tomar las cosas muy en serio, mantener la más flexible indiferencia (por si olvidaba que estaba soñando).

Se creía aliviado, seguro de no incurrir en nuevas temeridades.

VII

Dice que en la noche del 9 de marzo estaba tan cansado que no tenía fuerzas para interrumpir la lectura del *Tratado de Isis y Osiris*, de Plutarco, e irse a acostar.

Recordaba esa primera visita del gobernador, como el incidente de un sueño. Había oído unos pasos, abajo, en el patio; se asomó; no vio a nadie; con natural astucia de subalterno, escondió el libro y se puso a hojear una carpeta. El gobernador entró. Era un viejo muy sonriente, de barba blanca y ojos nublados y azules. Nevers pensó que debía defenderse contra la fácil inclinación de considerarlo demente. El gobernador abrió los brazos y gritó con voz de laucha o de japonés:

—Por fin, querido amigo, por fin, ¡cuánto lo he esperado! Ese hombre justo, Pierre Brissac, en una larga carta me habló de usted. Aquí me tiene a la espera de su colaboración.

Gritó mientras lo abrazaba, gritó mientras le palmeaba la espalda, gritó mientras volvía a abrazarlo. Hablaba de muy cerca. Nevers trataba de eludir esa cara inmediata, ese palpable aliento.

El gobernador es profesionalmente simpático, dice Nevers; pero confiesa que él, desde el primer momento, lo miró con hostilidad. Esta dureza es una nueva facultad de mi sobrino; quizá el error de mandarlo a las Guayanas no haya sido tan grande.

El gobernador lo encargó de las islas Real y San José. Le dio las llaves del archivo y del depósito de armas.

—Tiene mi biblioteca a su disposición. Los restos de mi biblioteca: los tomos que los guardias no alquilaron todavía.

Es un anciano desagradable —escribe Nevers—. *Con los ojos muy abiertos, como si estuviera maravi-*

llado, todo el tiempo buscaba mis ojos para mirarme de frente. Debe de ser un imbécil o un hipócrita.

Nevers consiguió decirle que había visto los «camouflages». El gobernador no entendió o simuló no entender.

Nevers preguntó:

—¿Son experimentos?

Se arrepintió de facilitar la explicación.

—Sí, experimentos. Pero ni una palabra más. Usted parece cansado. Experimentos, querido amigo.

Estaba cansadísimo. Entre sueños creyó que el gobernador, para no hablarle de los «camouflages», le infería ese terrible cansancio.

El gobernador miró la carpeta, y dijo:

—Trabajando a estas horas de la noche. No hay duda: el trabajo apasiona.

Mi sobrino lo miró con sorpresa; el gobernador lo miraba con afecto.

—No digo el trabajo en general… —explicó—. Tampoco se me ocurre que ese libro pueda interesarle.

Después de una pausa continuó:

—Apasiona el trabajo nuestro, el gobierno de una cárcel.

—Gustos… —respondió Nevers.

La réplica era débil —no inútil; lo *salvaba* de simular (*por cobardía, por mera cobardía*) un *infamante* acuerdo. Sin embargo, no estaba seguro de que el tono fuera desdeñoso.

El gobernador declaró:

—Tal vez hablé con precipitación.

—Tal vez —articuló Nevers, ya firme en su hostilidad.

El gobernador lo miró con sus ojos azules y húmedos. Mi sobrino también lo miró: consideró *su frente ancha, sus pómulos rosados y pueriles, su blanquísima barba salivada*. Le pareció que el gobernador estaba indeciso entre irse golpeando las puertas o intentar, de nuevo, una explicación. *Creyó que el provecho que sacaría de mí valía otra explicación, o prevaleció su horrible dulzura.*

—Hay un punto, querido amigo, en que estaremos conformes. Será nuestra base. ¿Nota en mí cierta ansiedad por llegar a un acuerdo con usted?

La había notado; le irritaba. Castel siguió:

—Seré franco: puse todas mis esperanzas en usted. Yo necesitaba lo que es más difícil de conseguir aquí: un colaborador culto. Su llegada disipa los problemas, salva la obra. Por eso lo he saludado con un entusiasmo que tal vez le parezca extravagante. No me pida que me explique; a medida que nos conozcamos, nos explicaremos el uno al otro, insensiblemente.

Nevers no contestó. Castel siguió diciendo:

—Vuelvo a lo que hemos tomado como base de nuestro acuerdo. Para la mayor parte de los hombres —para los pobres, para los enfermos, para los presidiarios— la vida es pavorosa. Hay otro punto en que podemos convenir: el deber de todos nosotros es tratar de mejorar esas vidas.

Nevers apunta: *Ya había sospechado que en el fondo de la ansiedad del viejo había una charla sobre política*. Ahora descubría *un nuevo horror*: según fuera su contestación podrían hablar de política o interesarse en sistemas carcelarios. No contestó.

—Nosotros tenemos la oportunidad, la difícil oportunidad, de actuar sobre un grupo de hombres. Fíjese bien: estamos prácticamente libres de control. No importa que el grupo sea pequeño, que se pierda entre «aquellos que son infinitos en el número y en la miseria». Por el ejemplo nuestra obra será mundial. La obligación es salvar al rebaño que vigilamos, salvarlo de su destino.

Castel había hecho más de una afirmación ambigua y alarmante; lo único que percibió mi sobrino fue la palabra «rebaño». Afirma que esa palabra lo enojó tanto que lo despertó. El gobernador dijo:

—Creo, por eso, que nuestro cargo de carceleros puede ser muy grato.

—Todos los carceleros han de razonar así —murmuró con prudencia Nevers; en seguida levantó la voz—: Si pudiera hacerse algo…

—Yo creo que puede hacerse algo. ¿Usted?

Nevers no lo honró con una contestación.

Después recordó su intención de pedir permiso para visitar la isla del Diablo; el gobernador se había ido.

VIII

21 de marzo a la tarde.

Nevers caminaba por la costa, frente a la isla del Diablo. El pretexto era estudiar posibles atracaderos para un furtivo (e inverosímil) desembarco. Menos peligroso (y más impracticable) sería visitar abiertamente a Castel.

Estaba distraído, y Bernheim salió de atrás de unas rocas. Nevers no tuvo el menor sobresalto: ahí estaba esa mirada de perro aplastado. Bernheim le pidió que se escondiera entre las rocas; cometió la imprudencia de obedecerle.

—Mi intuición no se equivoca —gritó Bernheim—. Yo sé cuándo puedo confiar en un hombre.

Nevers no escuchaba. Hacía un modesto descubrimiento: percibía la desagradable incompatibilidad del tono altivo y la mirada tristísima de Bernheim. Sin embargo, oyó:

—¿Es usted un juguete de Castel?

Respondió negativamente.

—Ya sabía —exclamó Bernheim—. Ya sabía. Apenas lo conozco, pero le haré una revelación que pone mi destino en sus manos.

Sobre unas piedras más altas, a unos veinte metros, apareció Dreyfus. Parecía no haberlos visto; se alejaba mirando fijamente algún punto del incesante mar. Nevers quería librarse del maniático; dijo:

—Ahí está Dreyfus —y subió por las piedras.

Cuando lo vio, Dreyfus no aparentó sorpresa; después de un rato de caminar juntos, le preguntó:

—¿Ve esa torre?

La torre estaba en la isla del Diablo; era de travesaños de madera pintados de blanco, tenía unos ocho metros de altura y acababa en una plataforma. Nevers preguntó para qué servía.

—Para nada —aseguró Dreyfus con amargura—. Para que algunos recordemos la historia y otros se mofen. La construyó el gobernador Deniel, en 1896 o 97. Puso arriba un imaginaria y un cañón Hotchkiss, y si el capitán quería huir: ¡Fuego!

—¿El capitán Dreyfus?

—Sí, Dreyfus. Me gustaría que usted subiera: desde allí, el archipiélago parece diminuto.

Nevers le preguntó si era pariente de Dreyfus.

—No tengo ese honor —afirmó.

—Hay muchos Dreyfus.

—No sabía —contestó con interés—. Mi nombre es Bordenave. Me llaman Dreyfus porque dicen que siempre hablo del capitán Dreyfus.

—Nuestra literatura lo imita.

—¿Verdad? —Dreyfus abrió mucho los ojos y sonrió extrañamente—. Si usted quiere ver un pequeño museo del capitán…

Nevers lo siguió. Le preguntó si había nacido en Francia. Había nacido en América del Sur. Después contemplaron el museo Dreyfus. Es una valija amarilla, de fibra, y contiene el sobre de una carta de la señora Lucía Dreyfus a Deniel, gobernador del presidio; el mango de un cortaplumas, con las iniciales J. D. (¿Jacques Dreyfus?), algunos francos de la Martinica, y un libro: *Shakespeare était-il M. Bacon, ou vice versa?* par Novus Ovidius, auteur des *Métamorphoses Sensorielles*, membre de l'Académie des Médailles et d'Inscriptions.

Nevers quiso irse. Dreyfus lo miró en los ojos; lo retuvo; le preguntó:

—¿Usted no cree que Victor Hugo y Zola fueron los más grandes hombres de Francia?

Nevers escribe: *Zola se comprende: escribió* J'accuse, *y Dreyfus es un maniático de Dreyfus. Pero Victor Hugo… El hombre que para su fervor elige en la historia de Francia, más rica en generales que la más imperceptible república sudamericana, a dos escritores, merece el fugitivo homenaje de nuestra conciencia.*

IX

En la noche del 22 no podía dormir. Insomne, atribuyó importancia a la revelación que no quiso oírle a Bernheim. Temió, oscuramente, un castigo por no haberla oído. Con lasitud y exaltación concibió una inmediata visita al galpón colorado. Con esfuerzo de voluntad, la postergó hasta el alba. Se ocupó en los pormenores de esa increíble visita: cómo hacer, después de una noche de insomnio, para despertarse temprano; cómo empezar a hablar a Bernheim; cómo referirse a la entrevista anterior. A la madrugada se durmió; soñó. En el sueño, partía de nuevo de Saint-Martin, de nuevo sentía el dolor de alejarse de Irene, y escribía ese dolor, en otra carta. Recordaba la primera frase: *He cedido, me alejo de Irene; las personas que pueden evitar…* Del resto del párrafo, sólo recordaba el sentido; aproximadamente era éste: las personas que podían evitar su regreso afirmaban que no lo evitarían. No olvidaba la frase final (dice que en el sueño era irrefutable; sospecho que fue un acierto de su dudosa vigilia): *Como no hay motivos para disentir, temo no regresar, no ver otra vez a Irene.*

A la mañana siguiente, Dreyfus le llevó dos cartas: una de Irene, otra de Xavier Brissac.

Su primo le daba una noticia que Nevers consideraba maravillosa: el 27 de abril lo reemplazaría. Esto significaba que Nevers podría estar en Francia a mediados de mayo. Le anunciaba también un mensaje de Irene. Nevers afirma que no tenía curiosidad por conocerlo. No podía ser ni desagradable ni importante. La carta de Irene era de fecha más reciente que la de Xavier y no aludía a tales noticias.

Estaba feliz; se creía ecuánime. Intentaba justificar a Pierre (le daba la razón: ningún hombre era digno de Irene, y él, *pálido conversador de café*, menos que otros).

Recordemos los antecedentes de este exilio en las Guayanas: sobrevino el suceso que nadie ignora (se pierden unos papeles que no son indiferentes al honor y a las salinas de la familia; las apariencias comprometen a Nevers); Pierre creyó en su culpabilidad; trató de salvar a Irene... Nevers habló con él, y —asegura— fue creído. Pasó unos quince días de perfecta dicha: todo se había arreglado. Luego Pierre lo llamó, le habló violentamente (*quizá ocultando una conciencia intranquila*) y le ordenó irse a las Guayanas. Hasta dejó entrever, como avergonzado, una amenaza de *chantage*: contarle todo a Irene si no era obedecido. Agregó: «Dentro de un año volverás y podrás casarte con Irene; por lo menos, tendrás mi consentimiento». Según Nevers, esto prueba que Pierre admitía su inocencia.

¿Cómo explica, entonces, que lo mandara a las Guayanas? Confusamente. Aprovecha toda clase de argumentos: la contaminación que dejan las acusaciones, y alega al capitán Dreyfus (mucha gente que no lo consideraba culpable se negaba sin embargo a reconocerlo exento de toda culpa); la ilusión de que el viaje y la rigurosa vida en las Guayanas interrumpieran su *desagradable perso-*

nalidad de trasnochador de café; la esperanza de que Irene dejara de quererlo.

Tampoco explica bien su extraña conducta con Irene (jamás le dijo una palabra del oscuro asunto en que estaba comprometido). Esa conducta permitió la *jugada* de Pierre.

He aquí sus palabras textuales: *Si te he convencido a ti; si a Pierre, que prefería no creerme, lo he convencido, ¿qué dificultad podía haber con Irene, que me quiere? (escribo esto con supersticiosa, con humillante cobardía)… La única disculpa de mi perversidad con Irene es mi estupidez y mi perversidad conmigo.*

Parece que Nevers había mandado a Irene estos versos:

> *Chère, pour peu que tu ne bouges,*
> *Renaissent tous mes désespoirs.*
> *Je crains toujours —ce qu'est d'attendre!—*
> *Quelque fuite atroce de vous.*

Irene le reprocha (con razón) que le mande esos versos, tan luego él, que la dejó. También le pregunta si quiere insinuar que el distanciamiento entre ellos no es meramente geográfico (en el primer verso la tutea; en el cuarto la trata de usted)[1]; pero esto no es más que una broma (qui-

---

[1] Los versos no son de Enrique Nevers; son de Paul Verlaine. (NOTA DEL EDITOR)

zá ligeramente pedante): *la carta es lúcida y tierna como su autora.*

Estaba feliz; dentro de un mes las preocupaciones desaparecerían. La carta de Xavier, sin embargo, lo molestaba. ¿Por qué Irene le mandaba un mensaje con ese *imbécil? Quizá el uso de tan rudimentario medio de comunicación se explique por el deseo de Irene de no perder una ocasión de alegrarme, de repetirme que me espera y me quiere.* Ése era el mensaje. Ése era el importante mensaje de todas las cartas de Irene. *Sin embargo,* confiesa, *en algunos momentos de absurda sensibilidad (y tal vez por el ambiente o por el clima, aquí no son raros) me entrego a vergonzosos temores. No debería mencionar estos sentimientos insignificantes: los menciono para que me avergüencen, para que desaparezcan.*

X

El 23 de marzo Nevers recorrió la isla Real, el galpón colorado —*no en busca de Bernheim, no en busca de la prometida revelación* (cree ventajoso aclarar)— en cumplimiento de su rutina.

Esa tarde la claridad era penosa. Todo resplandecía: las paredes amarillas de los edificios, una partícula de arena en la corteza negra del cocotero, el interlocutor a rayas coloradas y blancas. Nevers recordó la increíble oscuridad de su habitación y corrió, inseguro, a través del patio brillante.

Vio una sombra. Vio que debajo de una escalera había un lugar sombrío; fue a guarecerse. Ahí estaba Bernheim, sentado sobre un balde, leyendo. Nevers lo saludó con desmedida cordialidad.

—No puede imaginarse —respondió Bernheim, buscando angustiosamente las palabras— mi progreso, desde la primera vez que nos vimos. Estoy entusiasmado.

El brillo de los ojos era lacrimoso; la mirada, tristísima.

—¿En qué consiste el progreso?

—En todo. Le aseguro que es algo muy fuerte… vital… Es una plenitud, una comunión con la naturaleza, vaya uno a saber…

—¿En qué se ocupa?

—Espionaje.

—¿Espionaje?

—Sí, vigilo. Tengo que hablarle. ¿Adivine a quién debo este resurgimiento?

—No sé.

—A Castel.

—¿Se han reconciliado?

—Jamás. —Después de un silencio, declaró—: Hay que servir a la *causa*.

Parecía esperar una respuesta de Nevers; insistió lentamente:

—La causa ante todo.

Nevers no quiso complacerlo. Le preguntó:

—¿Qué leía?

—La *Teoría de los colores*, de Goethe. Un libro que nadie pide. Dreyfus lo alquila a precio razonable.

—Dígame, usted que estuvo en la isla del Diablo, ¿qué hacía Castel con los animales?

Por primera vez, asegura Nevers, un vestigio, una «sombra» de color animó el rostro de Bernheim. *Fue atroz. Creí que el hombre iba a vomitar.* Cuando se repuso un poco, habló:

—Usted conoce mi credo. La violencia es el pan nuestro. Pero no con los animales…

Nevers pensó que no aguantaría que Bernheim se descompusiera en su presencia. Cambió de conversación:

—Usted dijo que teníamos que hablar…

—Sí, tenemos que hablar. Aquí no; sígame.

Llegaron al excusado. Bernheim señaló ese mármol, y dijo, temblando:

—Le juro, le juro por la sangre de todos los hombres asesinados aquí: habrá una revolución.

—¿Una revolución?

Casi no oía. Pensaba que no era fácil determinar si un hombre estaba loco.

—Los revolucionarios preparan algo grande. Usted puede frustrarlo.

—¿Yo? —preguntó Nevers, por cortesía.

—Sí, usted. Pero aclaro mi situación. No obro en favor del actual gobierno… Obro por sano egoísmo. Usted dirá la verdad: que descubrí

49

el complot. Pero usted quizá me cree loco. Quizá busca a Dreyfus, para irse… Ya me creerá. Hoy tal vez no, pero me creerá. Usted me puso en la pista.

—¿Lo puse en la pista?

—Cuando me habló de los «camouflages». Ahí tiene: yo pensando siempre en la guerra, y no había descubierto que se trataba de «camouflages». Desde entonces lo respeto. Usted dirá que ese descubrimiento es una tontería. Los grandes descubrimientos parecen tonterías. Pero todo el mundo sabe que Pedro Castel es un revolucionario.

Nevers dijo:

—Tengo mucho trabajo.

—Estaba preparado para esto. Si mis palabras se cumplen, me creerá. Castel llevará al Cura a la isla del Diablo, entre hoy y mañana. Es un preso común, oiga bien. Me sacó a mí; lo lleva a él; necesita gente de su confianza: forajidos. A usted lo mandará a Cayena. Hay dos razones: librarse del único observador que puede molestarlo; traer dinamita.

—¿Quién la traerá?

—Usted mismo, y no será el primero. Su antecesor hizo unos diez viajes a Cayena. Hay reservas para volar el archipiélago.

Nevers le dio una palmada y le dijo que dejara las cosas en sus manos. Cruzó el patio, entró en la Administración, pasó por escaleras y corredores, llegó a su cuarto. Inmediatamente sintió un gran alivio.

XI

26 de marzo.

Ignoraba si lo que había dicho Dreyfus era un
indicio terrible. Quería pedir consejo; pero ¿a
quién? Él mismo, todavía horrorizado de vivir en
una cárcel, razonaba mal (además tenía una leve
insolación). Quizá cuando se habituara a esa vida,
pensó, recordaría la hora en que la noticia le pareció terrible, con alivio de que hubiera pasado;
de que hubiera pasado el peligro de enloquecer.
Pero, aunque no se había acostumbrado a vivir en
una cárcel (y, por increíble que parezca, lo cele-
braba), se inclinaba a restar importancia a la noticia que le había dado Dreyfus.

Durante los tres días previos a la noticia no
ocurrió nada memorable: Dreyfus parecía abatido, triste (*decidí no importunarlo con preguntas*,
dice Nevers; *la vida en estas islas justifica toda
desesperación*); Castel había ordenado le manda-
ran algunos libros (el de Marie Gaëll sobre la reso-
nancia del tacto y la topografía de los pulpos; uno
del filósofo inglés Bain, sobre los sentidos y el in-
telecto; uno de Marinesco, sobre las sinestesias;
por fin, el amanecer después de tanta sombra, un
clásico español: Suárez de Mendoza); Dreyfus los
mandó por el alambre-carril.

En la noche del 25 le pareció a Nevers que Dreyfus estaba más abatido que nunca; servía la comida en silencio; esto resultaba opresivo: entre ellos, hablar durante las comidas era una modesta y agradable tradición. Nevers se preguntó si al respetar la tristeza de su ordenanza no la aumentaba, no le sugería que estaba disgustado con él. No encontraba tema para iniciar el diálogo; en el apresuramiento propuso el tema que hubiera querido evitar.

—¿De qué acusan a Bernheim?

—Traición.

—Entonces a él, y no a usted, habría que llamarlo Dreyfus —trataba de insinuar el tema de los sobrenombres, más seguro que el de Bernheim.

—No hable así del capitán Dreyfus —dijo Dreyfus, ofendido.

—¿Qué otro sobrenombre hay aquí?

—Otro sobrenombre… a ver: está el Cura.

—¿Quién es el Cura? —preguntó Nevers con resolución.

—Marsillac, uno de la San José. Lo apodé el Cura porque es présbita: sólo ve de lejos; de cerca, absolutamente, si no tiene antiparras. No ve su propio cuerpo.

Y recordó los versos del *Misterio del cuarto amarillo*:

El presbiterio no perdió su encanto,
Ni el jardín ha perdido su esplendor.

Nevers lo felicitó por la memoria; Dreyfus parecía desconsolado. Finalmente, confesó:

—Mire, le hablé del Cura y era del Cura que no quería hablar. Hace días que estoy perplejo con esto. Mañana usted lo sabrá; tal vez convenga más que yo se lo diga. Por favor, no condene al señor Castel; ese gran hombre tendrá algún motivo para obrar así. Ordenó que mañana, a primera hora, traslademos al Cura a la isla del Diablo.

XII

27 de marzo.

El gobernador lo sorprendió. Entró en el escritorio imperceptiblemente. Nevers oyó muy cerca, en la nuca, los gritos altísimos, y tuvo la sensación pavorosa, vinculada con algún lejano recuerdo, de encontrarse repentinamente con un enmascarado.

—¿Qué lee?

—Plutarco —era inútil disimular.

—¿Por qué pierde tiempo? La cultura no debe ser el trato con hombres rudimentarios —sentenció la voz de títere—. Los estudiosos de filosofía cultivan aún los diálogos de Platón, y los lectores más exigentes volverán a reírse con las bromas de Molière sobre los médicos. El porvenir es negro.

—Negro, «camouflado» —dijo Nevers astutamente.

Hubo un silencio. Por debilidad, Nevers continuó:

—Este libro me interesa. Trata de símbolos.

—¿De símbolos? Tal vez. ¿Pero usted no cree que en mil ochocientos años el tema se habrá enriquecido?

Evidentemente, declara Nevers, Castel no había entrado para hablar de eso. Hablaba de eso para entrar en conversación. Estuvo un rato hojeando abstraídamente el *Tratado de Isis y Osiris.* Finalmente preguntó:

—¿Qué pensó de nuestra última conversación?

—Poco, apenas.

—Si no pensó nada, es porque le desagrada muy vivamente la cárcel —dijo rápidamente Castel—. Si le desagrada la cárcel, no puede parecerle mal lo que yo pienso.

—No sé —estaba sin ganas de discutir—. Lo que usted piensa estará muy bien; pero ocuparse en estas cosas me parece, en cierto modo, hacerse cómplice. Prefiero cumplir automáticamente mi deber.

—¿Automáticamente? ¿Ésa es la misión de un joven? ¿Dónde está su juventud?

Nevers no supo contestar. El otro siguió:

—La juventud es revolucionaria. Yo mismo, que soy un viejo, creo en la acción.

—¿Es usted anarquista?

Castel siguió mirándolo en los ojos, afablemente, casi llorosamente, hasta que Nevers miró hacia otro lado. *Sin duda el gobernador comprendió que había ido muy lejos, pero continuó con su voz imperturbable y chillona:*

—No sé. No me he ocupado de política. No tuve tiempo. Creo en la división del trabajo. Los políticos creen en la reforma de la sociedad… Yo creo en la reforma del individuo.

—¿En qué consiste? —preguntó Nevers con simulado interés. Creía que investigaba.

—La educación, en primer término. Son infinitas las transformaciones que pueden lograrse.

El gobernador le aseguró que él, Nevers, no sospechaba las posibilidades de la pedagogía: podía salvar a enfermos y a presidiarios. En seguida le confió que necesitaba un colaborador:

—Lo que haríamos es increíble. Comprenda mi tragedia: me rodean subalternos, personas que interpretarían erróneamente mis planes. La misma legislación penal es confusa; la reclusión, como castigo del delincuente, domina todavía en Europa. Ahora no sólo caminamos con paso de ganso; hablamos por boca de ganso; repetimos: *El castigo es el derecho del delincuente.* Inútil decirle que mis propósitos contrarían esa doctrina transrenana.

Nevers creyó que había llegado el momento de vengarse. Declaró con voz trémula:

—No tengo interés en colaborar con usted.

Castel no contestó. Miró serenamente a lo lejos, como si las paredes no existieran. Parecía cansado; el color de su rostro era plomizo. ¿Ya estaba así cuando entró o todo esto era el efecto de la réplica de Nevers? No parecía el mismo hombre que había conversado con Nevers el 9 de marzo.

He oído que tales cambios ocurren en las personas que toman opio, o morfina. Nevers reconoce que ese hombre, a quien deseaba encontrar execrable, le pareció muy viejo y casi digno; estuvo dispuesto a creer que la revolución sería benévola, a ofrecer su ayuda. Después se acordó de Irene, de la decisión de no hacer nada que pudiera postergar su regreso.

Castel permaneció unos penosos minutos, simulando interés en Plutarco. Tal vez no quería irse bruscamente y parecer ofendido. Finalmente insinuó un ademán de abatimiento, o despedida; sonrió y se fue. Nevers no le tuvo lástima.

XIII

28 de marzo.

Algunas frases del gobernador admitían dos interpretaciones: de acuerdo con una, la revolución sería pedagógica. Nevers, ya en plena aberración, no vacila en declarar su preferencia por la segunda interpretación posible: la rebelión de los presos. Pero el gobernador no le habló del viaje a Cayena. Para un observador sin prejuicios quizá no había ninguna confirmación de las profecías de Bernheim.

Además, ¿cómo acomodar los «camouflages» en el esquema de la sublevación? Sería una locura desatar la sublevación y quedarse en las islas. Sin embargo, consideraba Nevers, eso indica el «camouflage»: una defensa. Entonces no debía alarmarse: Castel estaba loco.

Había otra explicación. Los «camouflages» eran una defensa contra un ataque *durante* la revuelta (si las cosas no se cumplían con la rapidez conveniente). Esto parecía confirmado por el hecho de que el gobernador no «camouflara» las otras islas. Si tuviera el absurdo propósito de establecerse en las islas y fundar una república comunista, hubiera «camouflado» todo el territorio.

Castel parecía ignorar la próxima partida de Nevers. Si no, ¿por qué le hablaba de sus planes secretos? Sin duda lo preocupaban tanto que ni siquiera leía las cartas (si el reemplazante de Nevers estaba en viaje, el gobernador habría recibido la comunicación). Otra explicación sería que el gobernador preparara el golpe para una fecha anterior a la llegada de Xavier.

XIV

3 de abril.

Bajo el alero del galpón de materiales, Nevers miraba distraídamente a los presidiarios, que aparecían y desaparecían en la niebla, con grandes sombreros de paja y blusas a rayas blancas y coloradas. Hubo un claro, y vio que a lo lejos un hombre venía caminando hacia él, y después volvió la cerrazón, y después el hombre surgió a su lado. Era Dreyfus.

—Ponga cuidado, mi teniente.

—¿Usted cree que se aprovecharán de estas nieblas?

—No. No pensaba en ellos —dijo Dreyfus, sin asombro—. Pensaba en las nieblas: las mortajas de los europeos, las llamamos, porque matan.

Se detuvo, como para que el efecto de su frase no se perdiera; luego continuó:

—Llego de la isla del Diablo; el señor gobernador me dio esta nota para usted.

Le entregó un sobre. Nevers se quedó mirando a Dreyfus, con el sobre olvidado en la mano, sin resolverse a preguntarle qué novedades había en la isla. Dreyfus también lo miraba, disimuladamente. Nevers le atribuyó curiosidad por saber qué decía la nota. Esto lo incitó a no hacer preguntas, a no saciar la curiosidad de Dreyfus. Pero no podía contener su propia curiosidad. Leyó la nota. Se conformó con volverse de pronto, y sorprenderlo mirando, y confundirlo. Después dijo con indiferencia:

—Parece que iré a Cayena.

—¿A buscar vituallas?

Nevers no respondió.

—Adiviné —sentenció Dreyfus.

No le preguntó cómo había adivinado. Empezaba a sospechar que las palabras de Bernheim eran, por lo menos parcialmente, verídicas.

—¿Cómo van las pinturas del gobernador?

—Las ha concluido. Las celdas quedaron muy bien.

—¿Ha pintado las celdas?

—Sí, veteadas.

—¿Qué otra novedad hay en la isla?

—El pobre Cura tuvo un ataque de cólera. Tan luego cuando le mejoraban la vida… Lo encontraron echando espuma y con los ojos desorbitados.

—¿Morirá?

—No sé. Hoy estaba sin conocimiento, pero colorado y robusto como nunca. El gobernador y el señor De Brinon confían salvarlo. Más le valiera morir.

Nevers le preguntó por qué decía eso. Dreyfus contó la historia del Cura:

El Cura fue segundo oficial en el *Grampus*, que naufragó en el Pacífico. Había diecisiete hombres a bordo. El capitán subió con cinco, en un bote; el primer oficial, con otros cinco, en otro; el Cura, con los cuatro restantes, en otro. Los botes debían mantenerse a la vista. En la tercera noche, el Cura perdió a los otros dos. Después de una semana, el capitán y el primer oficial llegaron con su gente a la costa de Chile, sedientos y casi locos. A los catorce días, un barco inglés —el *Toowit*— recogió al Cura: estaba en una isla de guano, entre las ruinas de un faro abandonado, solo, blandiendo un cuchillo, furiosamente acometido por las gaviotas. Trató de atacar a los ingleses. En la enfermería del buque deliró: veía monstruos y gaviotas; gaviotas blancas, feroces, continuas. En la hoja del cuchillo había sangre reseca. La analizaron: era de pájaros y de hombres. El Cura no recordaba su llegada a la isla ni los días que pasó en la isla. No había más prueba contra él que la desaparición de los compañeros y la sangre reseca. Si el Cura los había matado —alegó Maître Casneau—, los había matado en un acceso de locura. Pero un antecedente policial —la famosa batalla de 1905, entre los figurantes del Casino de Tours— y el celo de un fiscal en los albores de una promisoria carrera, lo condenaron.

—¿Qué eran los monstruos? —preguntó Nevers.

—Alucinaciones.

—¿Y las gaviotas?

—Verdaderas. De no haber ese fragmento de faro, lo comían vivo.

Nevers se fue al escritorio. Tres horas de lectura lo alejaron de toda ansiedad. Dentro de pocos días partiría a Cayena. Si era prudente, se vería libre de complicaciones en la hipotética rebelión de Castel. Xavier era el hombre indicado para reemplazarlo: lucharía, castigaría, ordenaría. Reflexionó: si no olvidaba que su único propósito era salir de ese maldito episodio de las Guayanas, volvería muy pronto a Francia, a Irene.

Después recordó las noticias que le había dado Dreyfus. Si el Cura tenía un ataque de cólera, había peste en las islas. Lo comprendió en todo su horror.

XV

5 de abril.

No se trata de que no entre en la isla del Diablo, de que no sospeche lo que ocurre allí; se trata (Nevers creía tener una prueba irrefutable) *de engañarme, de provocar visiones y miedos falaces.* Ya no se acordaba del contagio. No había enfermos de cólera. No había peste. El peligro era la sublevación.

Expone cómo llegó a este descubrimiento: para olvidarse del cólera superponía imágenes agradables: una alameda de Fontainebleau, en otoño; el rostro de Irene. *Eran traslúcidas, como reflejadas en el agua: si agitaba la superficie conseguía deformar provisoriamente al perdurable monstruo que había en el fondo.* Después reflexionó: ya que debía pensar en esa enfermedad, convenía estudiarla, prevenirla. Buscó el libro sobre enfermedades tropicales; en vano recorrió los índices: la palabra «cólera» no figuraba. Después comprendió que en un libro como el suyo las enfermedades están registradas por sus nombres más vulgares; recordó que el cólera, para los profanos como él, se denomina «vómito negro». Sin dificultad encontró el capítulo. Lo leyó. Recordó que ya lo había leído a bordo. Hizo el *descubrimiento*: los síntomas atribuidos al Cura no eran los síntomas del cólera. Que se le desorbitaran los ojos no era natural, que echara espuma no era verosímil, que estuviera colorado y robusto era imposible.

Cuando vio a Dreyfus, le preguntó:

—¿Quién dijo que el Cura tuvo un ataque de cólera?

Dreyfus no vaciló:

—El señor Castel.

Nevers pensó comunicarle su descubrimiento. Se contuvo. Cada día Dreyfus lo apreciaba más; pero todavía Castel era su ídolo. Además, Dreyfus era muy ignorante: no sabía de qué habían acusado al capitán Dreyfus; admiraba a Victor Hugo porque lo confundía con Victor Hugues, un bucanero que fue gobernador de la colonia… Nevers agrega: *Jamás creí en su ironía. Es facial (como la de muchos campesinos). Podría atribuirse a un suave, a un continuo envenenamiento con hojas de sardonia.*

Pero estaba tranquilo. La rebelión ocurriría en su ausencia. Dreyfus le había llevado la lista de los artículos que debía comprar en Cayena: no había dinamita, ni nada que razonablemente pudiera traducirse por dinamita. *Castel quiere alejarme para no tener testigos ni opositores. No los tendrá* —afirma—. *Me ordena que parta el 8. Lamento no partir hoy mismo. No soy el héroe de estas catástrofes…*

Hace algunas «reflexiones» (el lenguaje es, por naturaleza, impreciso, metafórico) que vacilo en transcribir. Pero si atenúo la fidelidad de este informe, debilitaré también su eficacia contra los malintencionados y los difamadores. Confío, además, en que no ha de caer en manos de enemigos de Nevers. Éste dice, en efecto: *En el pensamiento aplaudo, apoyo, toda rebelión de presos. Pero en la urgente realidad… hay que haber nacido para la acción, saber tomar, entre sangre y tiros, la decisión feliz.* No ignoraba sus deberes: indagar si Castel preparaba una rebelión; sofocarla; acusar a Castel. Pero, debemos confesarlo, no estaba hecho del metal de un buen funcionario. *Todo hombre tiene que estar dispuesto a morir por muchas causas, en cualquier momento, como un caballero* —escribe—. *Pero no por todas las causas. No me pidan que bruscamente me interese, me complique y muera en una rebelión en las Guayanas.* Con impaciencia esperaba el día de la partida.

XVI

7 de abril.

La increíble posibilidad de huir: he aquí su preocupación. Había renunciado a seguir investigando. No quería complicarse. La impaciencia por que llegara el 8 aumentaba continuamente; *ayer, sobre todo hoy, fue una insoportable idea fija. Ahora todo ha cambiado.*

Al despertar de la siesta, junto a la cama, en una cercanía excesiva (porque él salía de un letargo impersonal y remoto), encontró a Dreyfus. Éste le dijo:

—Tengo dos cartas para usted; se las manda el señor gobernador.

Una estaba dirigida a su nombre; la otra, a un tal Leitao, de Cayena. Abrió la primera. Contenía una breve nota, pidiéndole que trajera unos anteojos, según las indicaciones que agregaba.

—¿Para quién son los anteojos? —preguntó.

—Para el Cura —contestó Dreyfus.

Esto significaba que lo esperarían, que el destino horrible, del que se creía salvado, lo amenazaba.

Dreyfus le habló con su tono más sereno:

—¿Sabe la novedad? Lo abandono.

—¿Me abandona?

—El señor gobernador ordenó mi traspaso a la isla del Diablo. A las 5 llevaré mis trebejos.

Faltaban dos horas para que se fuera Dreyfus. Nevers temía razonar como un alucinado; sospechaba que aun personas de la mediocridad de Dreyfus podrían deshacer todas sus pruebas, sus invencibles pruebas de que se gestaba una rebelión. Pero consultarlo ¿no sería una locura?

Entretanto, Dreyfus le confesó el ideal de su vida: ir a Buenos Aires. Unos contrabandistas brasileños le habían comunicado que por unos pocos céntimos, en Buenos Aires, *el hombre se pasea en tranvía por toda la ciudad.*

No sabía qué decidir y faltaba poco para que Dreyfus partiera.

XVII

Intercalo a continuación un documento que tal vez aclare algunos puntos de mi relato; se trata de una carta que me dirigió mi sobrino Xavier Brissac (el que reemplazó a Enrique Nevers en las islas de la Salvación); está fechada el día 8 de abril de 1913, a bordo del transporte *Uliarus,* en viaje a las Guayanas.

Sin mala fe, guiado por tu pasión, no, guiado por otros que apasionadamente lo vieron todo a través del odio, has juzgado a tu hermano Pierre y a mí, nos has calumniado. ¿Qué ocurrió? Querías que Enrique, tu protegido, pudiera salir de las Guayanas y pensaste que su afligente correspondencia conmovería, quizá, a Pierre. No lo conmovió. Sin embargo, me llama; me pregunta si yo aceptaría el cargo; acepto; y, como en su juventud, a los ochenta y cinco años, Pierre, el glorioso marino, entra en la batalla contra políticos y burócratas, sin temblor; consigue que me nombren, y parto en relevo de tu protegido Enrique, al infierno. ¿Cómo nos agradeces? En broma calumnias a Pierre; a mí, en serio.

Aunque es gravísimo lo que dijiste de mí, empezaré por rebatir lo que dijiste de Pierre, porque él es el jefe de la familia y porque yo no soy un literato, un simpático bohemio, sino el capitán de fragata Xavier Brissac —que fue un verdadero teniente de navío y que aspira a ser un verdadero capitán de navío—, hombre de su Patria, de su Familia, un ordenado.

Respetuosamente, pero firmemente, declaro que mi viaje no prueba «esa perversa manía de Pierre: mandar sobrinos a la isla del Diablo». Prueba. . . . .

. . . .

Después de leer la correspondencia, Pierre dio algunas señales de estar cansado; ninguna de estar conmovido. No cree que esas cartas deban alarmar sobre el estado de espíritu de Enrique; comenta: «¿Alarmarse ahora y especialmente por esas cartas?

Hace mucho que su espíritu me alarma y empiezo a acostumbrarme a ese estado». Pero sabe que si si Enrique vuelve tendrás una satisfacción; en seguida se pone en campaña, en ingrata campaña, para conseguir el relevo. No le importa saber que el fruto de esos trabajos será una grave reducción de un castigo que él mismo impuso; cree saber, también, que traerán la reconciliación, tu vuelta a la casa de Saint-Martin y tu abandono definitivo de lo que llama «el absurdo exilio en las arruinadas salinas de Saint-Pierre».

¿Por qué ha decidido que sea yo quien releve a Enrique? No te engañes; no es la «manía»...; supone que a la sombra de ese notable gobernador de la colonia, yo. . . . .

. . . . .

Ha llegado el momento de rebatir la segunda calumnia. Es mentira que yo sea el inventor de las promesas de casarse conmigo, que hizo Irene; es nefasta mentira que yo parta a la isla del Diablo con el fin de torturar a Enrique. Imagina mi situación: debo soportar esa calumnia sin exclamar: ¡Consulta a Irene! Juré a Irene que no hablaría hasta la vuelta de Enrique, hasta que ella le explique todo, personalmente. Teme que la noticia, dicha por otro, lo hiera demasiado. Si le hablaras —no estando yo para defenderme—, creería que no me importa esa delicadeza. Y, sin embargo, esa preocupación de Irene a tal punto ha llegado a ser mi preocupación que, en el deseo de corresponder perfectamente, he pensa-

do, a veces, no guardar una literal fidelidad a mi juramento. En efecto, si la intención es evitar que Enrique sufra demasiado, ¿debo permitir que ciego, soñando con la dicha de volver a su amada, parta al desengaño? . . . .

Has dicho que voy a torturar a Enrique. Mis nobles sentimientos son un pretexto; la verdad es el gozo de ir a golpear a un caído. No esperes que perdone al autor de esta infamia. Sé que no eres tú. Sé que repetiste lo que te han dicho. Sé, también, que descubriré a quien lo dijo: no eran muchos los que me oyeron hablar. Los conocemos a todos. Eran de nuestra familia. Por eso creí poder confiar en ellos. Olvidaba que por eso no podía hablarles. Ya no hay personas libres en nuestra familia; hay instrumentos de Pierre e instrumentos de Antoine e instrumentos del odio. Lo olvido. No puedo acostumbrarme a vivir en continua guerra.

¿Por qué me voy?

Porque lo ordena Pierre; porque tú deseas que regrese Enrique; porque Enrique desea regresar. (Desapruebo en Enrique los hechos y el pensamiento. A él no lo odio, como insinúas.) Si no me voy, todo quedará postergado; somos una difícil minoría los voluntarios del trópico, de la cárcel, del cólera. No tengo en vista miserables victorias, ni parto enceguecido. No ignoro mi sacrificio (que tú —lo digo amargamente— quieres ignorar). Lo que fue una tortura para el que se creía amado, ¿qué horrores no deparará al que es amado? Tengo un consuelo: a mí todo me espera; a él, nada.

Como te dije, el 28, y no el 27, llegaré a Cayena. Querría libraros antes: a él de su justo destierro; a ti, de su injusta correspondencia. Pero hemos perdido tres días en el fondeadero. Espero que no haya más retrasos.

Releo esta carta. Para tolerarla necesitarás mucha indulgencia. Yo, el enamorado de la jerarquía, exhortándote a deponer tus convicciones, a seguir mis consejos. Yo, el peor de tus sobrinos, pidiendo que en nuestros actos concernientes al relevo de Enrique, veas una intención recta. Ignoro si puedes verla. Ignoro si hay derecho de pedir a un hombre que no vea las cosas a través de su pasión. . . . .

. . . . .

En todo lo que hace Pierre —hablo con amargura— estás inclinado a ver malas intenciones; en todo lo que hago yo —hablo sin amargura— estás inclinado a ver sus malas intenciones. Sin embargo, invoco a nuestra familia, a su numeroso dolor. Deja las salinas de Oléron para siempre. Te lo digo sin egoísmo: son un mal negocio. Como dice Pierre, has buscado asilo en un naufragio. Vuelve a nuestras prósperas salinas de Ré. A mí, que me esperan las penurias de la isla del Diablo, la penuria que ya me preocupa es la de privarme de la sal turbia de nuestra casa.

Ah, mi querido Antoine, qué triste es una desavenencia en la familia. Para bien de todos, para bien de

*esa pequeña llama que nuestras generaciones deben
cuidar y transmitirse, porque Saint-Martin,* chef
de canton, *nos está mirando y lo necesita para su
calma, acábese la mutua desconfianza. Como oficial de Francia, como sobrino en nuestra honda
familia…*

Etcétera.

XVIII

8 de abril.

La comida que le servía el reemplazante de
Dreyfus era mala; el café, miserable. Pero Nevers
estaba tranquilo. Los indicios que lo habían ator-
mentado *eran fútiles.* Atribuía las obsesiones al
clima, a las brumas pestilenciales y al delirante
sol, y también a Bernheim, *ese ridículo demente.*

No sólo estaba tranquilo; estaba aburrido.
Para salir del aburrimiento deseaba conversar con
Bernheim. Era verdad que algunas de sus predic-
ciones se habían cumplido; no así la más importante, la que, juntamente con la actitud reservada
y sospechosa de Castel, hubiera indicado la posibilidad de terrorismo: no había ningún pedido de
dinamita: *y si hoy no llega, no ha de llegar, porque
el gobernador cree que esta tarde salgo para Cayena.*
Pensaba quedarse hasta el 14 o hasta el 15. El motivo de la postergación era que ya faltaba poco

para el 27 y que Nevers quería que su regreso a las islas coincidiera con la llegada de Xavier Brissac. Aclara: *Si el gobernador tiene, realmente, intenciones revolucionarias, será mejor que las cosas queden en manos de mi primo.* Creía que no había nada que temer. Sin embargo, seguiría vigilando.

XIX

11 de abril.

Desembarcó a las 8 en Cayena. Escribe: *Esta ciudad, en que hay pocos presidiarios, muchos liberados y aun gente libre, es el paraíso terrenal.* Frente al mercado se encontró con la señora Frinziné y su hija; lo invitaron a almorzar. Aceptó; pero dice que fue poco amable y trata de justificarse invocando la urgencia por bañarse y mudarse de ropa. Esto sería admisible si hubiera hecho un viaje por tierra; después de un viaje por mar, no tiene sentido.

Llegó al palacio y ordenó a Legrain que le preparara el baño. Legrain contestó *con toda naturalidad* que habían cortado el agua y que hasta las 11 no podría bañarse.

Quedó tan abatido que no pudo atender ningún asunto de la administración; tampoco *pudo* leer, porque los libros estaban en las valijas y se había olvidado de pedir a Legrain que las abriera y *no tenía ánimo para abrirlas él mismo o para llamarlo.*

A las once y media entró Legrain y dijo que había agua. Nevers le dio las llaves para que abriera las valijas y sacara la ropa. Notó que tenía un solo llavero: le faltaban el del archivo y el del depósito de armas. Quizá el nuevo ordenanza los habría guardado en las valijas. No podía buscarlos. Tenía que bañarse y afeitarse: los Frinziné almorzaban a las doce en punto.

Reconoce que la reunión en lo de Frinziné fue agradable. Carlota recitó poemas de Ghil. Nevers recordaba los versos:

> *Autour des îles les poissons-volants*
> *s'ils sautent, ont lui du sel de la mer:*
> *Hélas! les souvenirs sortis du temps*
> *ont du temps qui les prit le gôut amer…*

Después, acompañado de Frinziné, bajo un sol invariable, recorrió los comercios de Cayena. Compró casi todas las cosas que le habían encargado; para justificar la postergación del regreso, olvidó algunas (entre ellas, los anteojos del Cura).

Sospecho que razono erróneamente al suponer que las actividades misteriosas que ocurren en la isla del Diablo son políticas y revolucionarias, escribe. Tal vez Castel fuese una especie de doctor Moreau. Le costaba creer, sin embargo, que la realidad se pareciera a una novela fantástica. *Tal vez la prudencia que me aconseja quedarme aquí hasta el 27 sea descabellada.*

Agobiado por el calor, con principio de insolación, a las cinco logró zafarse del señor Frinziné. Fue al Parque Botánico y estuvo descansando bajo los árboles. Mucho después de oscurecer, volvió al palacio. Pensaba, dolorosamente, en Irene.

XX

Noche del 10 al 11 de abril; 11 de abril.

Anota: *Imposible dormir.* Se recriminaba por haber considerado tan superficialmente el olvido de las llaves. Si los presidiarios las descubrían: incendios, rebelión, tribunal, guillotina, o las islas, hasta la muerte. No pensaba en los medios de contrarrestar estas calamidades: angustiosamente se veía refutando, con esfuerzo, con futilidad, las acusaciones ante una corte marcial.

Para calmarse, pensó enviar un telegrama. ¿Qué se hubiera dicho del funcionario de un presidio que olvida las llaves y después comunica por telegrama su olvido? Pensó enviar una carta. *Laboriosamente calculé que el* Rimbaud *no saldría antes de cinco días.* Además, ya había logrado la enemistad del gobernador. Escribirle esa carta, ¿era prudente? Pensó escribir a Dreyfus. Pero, ¿y si Dreyfus decidiera abrirse paso con las armas, y huir? Sería una conducta más natural que la de cerrar secretamente el depósito (privándose de una mención)...

A la mañana estaba más tranquilo. Decidió pasar otro día en Cayena, descansando. Volver a las islas era como recaer en una enfermedad. Tal vez lo esperaran situaciones que alterarían, que arruinarían su vida.

Si todavía no encontraron las llaves, pensaba, ¿por qué han de encontrarlas precisamente hoy? Sin duda, las llaves estaban guardadas en un cajón de su escritorio; el viaje era inútil. De todos modos se iría al día siguiente.

De lo que hizo el 11 no tenemos noticia alguna. Sabemos que al anochecer descansó debajo de los árboles del Parque Botánico.

XXI

Noche del 11 de abril.

Pasó la noche esperando que llegara la mañana, para irse. Su conducta le parecía inconcebible. ¿O le parecía inconcebible (se preguntó, despreciándose) porque no lograba dormir? Y no lograba dormir, ¿por su conducta o por el miedo al insomnio? Si había una mínima probabilidad de que esas postergaciones arriesgaran a Irene (su porvenir con Irene) era imperdonable que se hubiera quedado. Aspiraba a tener una vívida conciencia de la situación; tenía la conciencia de un actor que recita su parte.

Decidió levantarse: buscaría la lancha —la *Bellerophon*— y se iría a las islas, en plena noche. Llegaría inadvertidamente; quizá podría frustrar la rebelión. Si las islas ya estaban en poder de los rebeldes, también convenía la noche. Empezó a levantarse. Previó dificultades para salir del palacio; las puertas estaban cerradas; habría que llamar. ¿Daría explicaciones? ¿Cómo evitar que al día siguiente se hablara, se conjeturara, sobre su inopinada partida? No era posible salir por la ventana: había peligro de que lo sorprendieran y lo reconocieran o de que no lo reconocieran y le dispararan un balazo. Previó también las dificultades con los guardias del puerto, cuando fuera a sacar la *Bellerophon*.

Se preguntó si las islas no estarían en su horrible calma de siempre, y si el revuelo, *hasta algún tiro,* no los provocaría él con su llegada; imaginó las explicaciones, la inevitable confesión a Castel. Pero estaba resuelto a irse: quería planear sus actos y saber las explicaciones que daría en cada oportunidad. Inconteniblemente se perdía en imaginaciones: se veía guerreando en las islas; se emocionaba con la lealtad de Dreyfus o le reprochaba, oratoriamente, su traición; o Bernheim, Castel y Carlota Frinziné repetían, riéndose, que ese viaje absurdo lo había desacreditado, concluido; o pensaba en Irene y se agotaba en interminables protestas de contrición y de amor.

Oyó una lejana gritería. Eran los liberados, con sus carros enormes y sus bueyes, recogiendo las basuras. Tuvo frío: era, muy vagamente, el amanecer. Si esperaba un poco, su partida no asombraría a nadie.

XXII

12 de abril.

Se despertó a las nueve. Estaba cansado, pero había recuperado la lucidez: el viaje era inútil; la probabilidad de que se produjeran calamidades, insignificante. Las llaves estaban en su despacho; ningún presidiario y muy pocos guardias entraban allí, y no era imposible que las llaves estuvieran en un cajón del escritorio: los cajones de su escritorio estaban cerrados; la persona que descubriera las llaves tenía que descubrir que eran del archivo y del depósito de armas: esto era difícil en una prisión, donde hay tanta llave, tanta cosa cerrada con llave. Pensar en una rebelión era absurdo; los presidiarios estaban embrutecidos por el rigor, y el interés de Castel en cuestiones sociales y carcelarias era estrictamente sádico. *Debí de estar enfermo* —escribe— *para creer en las locuras de Bernheim.*

Vivir en una cárcel pudo enfermarlo. *La conciencia y las cárceles son incompatibles,* le oí decir una noche que se creyó inspirado. *A pocos metros de aquí* (se refería al depósito de Saint-Martin) *viven esos pobres diablos. La sola idea debería aniquilarnos.* El culpable de esta locura fue su padre. Si estaba paseando con los chicos y aparecía la *jaula* de la prisión, los tomaba de la mano y los alejaba, frenéticamente, como si quisiera librarlos de una visión obscena y mortal. Indudablemente, en su resolución de que Enrique fuera a las Guayanas, Pierre demostró dureza, pero también acierto.

Abrió la ventana que daba al patio y llamó. Después de unos minutos contestó el ordenanza. El hombre apareció después de un cuarto de hora. Preguntó:

—¿Qué se le ofrece, mi teniente?

No sabía. Le molestaba esa cara inquisitiva; contestó:

—Las valijas.

—¿Cómo?

—Sí, valijas, maletas, equipajes. Me voy.

XXIII

Cerca del Mercado se encontró con la familia Frinziné.

—Aquí nos tiene —dijo Frinziné, con alguna exaltación—. Paseando. Todos juntos: es más seguro. Y usted, ¿dónde va con eso? (Por fin notaba las valijas.)

—Me voy.

—¿Ya nos abandona?

Nevers aseguró que tal vez regresara a la noche. Eso los tranquilizaba mucho, repetían los Frinziné. La señora agregó:

—Lo acompañaremos al puerto.

Trató de resistir. Carlota fue su única aliada; quería irse a su casa, pero no la escucharon. Entrevió, en la urgente cordialidad de los señores Frinziné, el deseo de ocultar algo o, tal vez, de alejarlo de algún sitio. Miraba con nostalgia la ciudad, como presintiendo que no regresaría. Avergonzado, se encontró pisando en las partes de la calle donde había más polvo, para llevarse un poco del rojizo polvo de Cayena. Distraídamente descubrió la causa de la nerviosidad de los Frinziné: los había sorprendido en las proximidades del Mercado. Pero las palabras que le decían era cordiales y esa nerviosidad le recordaba otras despedidas. Se le humedecieron los ojos.

XXIV

Antes de atracar, rodeó la isla del Diablo. No había novedad. No vio a nadie. Los animales andaban sueltos, como siempre. Desembarcó en la isla Real. Inmediatamente, fue a la Administración; allí, en el escritorio, estaba el llavero. Preguntó al ordenanza que reemplazaba a Dreyfus si había novedades. No había novedades.

A la tarde, apareció Dreyfus. Se abrazaron como amigos que han estado mucho tiempo separados. Dreyfus no parecía irónico; sonreía, embelesado. Al fin, habló:

—El señor gobernador lo espera.

—¿Puedo ir a la isla del Diablo?

—Imposible, mi teniente… ¿Trajo el encargo de la carta?

—¿Qué carta?

—La carta que llevó en nombre del gobernador. Se la di con los demás encargos.

Metió la mano en el bolsillo; ahí estaba la carta. Improvisó:

—El hombre me dijo que no tendría nada antes del 26.

—¡Antes del 26! —repitió Dreyfus.

—Antes del 26. Traje lo que pude. Volveré.

—Qué aflicción para el señor gobernador. Y qué momento para afligirlo.

—¿Qué le pasa?

—Si usted lo ve, lo desconoce. ¿Recuerda cuando estuvo aquí la primera vez? Se ha transformado.

—¿Transformado?

—Tuvo un ataque, pero más fuerte que nunca. Está gris, como de ceniza. Usted lo viera andar; parece un dormido.

Nevers sintió remordimientos. Dijo:

—Si él quiere, me voy esta misma tarde. Trataré de que esa gente me entregue las cosas...

Dreyfus le preguntó:

—¿Consiguió las antiparras para el Cura?

—No —respondió Nevers.

—El hombre ve mal.

—¿Está grave?

—El señor gobernador dice que mejora; la enfermedad fue mala. Durante el día lo tenemos a oscuras; de noche, despabilado. Pero no ve lo que tiene cerca; no ve su propio cuerpo; sólo distingue los objetos que están a más de dos metros de sus ojos. Hay que hacerle todo: bañarlo, alimentarlo. Come de día, mientras duerme.

—¿Mientras duerme?

—Sí; despierto está demasiado nervioso; hay que dejarlo. Todavía delira y ve los espantos.

Nevers estaba arrepentido. Después reflexionó que los anteojos no hubieran impedido que el Cura viera visiones. Para cambiar de conversación, preguntó:

—¿Y qué otras novedades hay en la isla?

—Ninguna. La vida es muy atribulada. Siempre cuidando enfermos.

—¿Enfermos? ¿Más de uno?

—Sí. El Cura y uno de los presos, un tal Julien. Ayer tuvo el ataque.

—Primero el Cura, después Castel, después...

—No es lo mismo. Al señor gobernador lo aqueja su enfermedad de siempre: dolores de cabeza. Es un honor trabajar para el señor Castel. Enfermo como está, no se aleja un momento de Julien. Y el señor De Brinon, otro tanto: sacrificándose todo el día, como si no fuera un noble. Es la sangre, mi teniente, la sangre.

—¿Castel no sale?

—Casi nunca. Un rato, a la noche, para ver al Cura o para conversar con los otros presos.

—¿Qué presos?

Dreyfus le rehuyó la mirada. Después, explicó:

—Los restantes, los que están sanos. Lo visitan en el pabellón.

—Van a contagiarse.

—No; ni siquiera yo puedo entrar en el cuarto. El señor De Brinon lleva la comida.

—¿De Brinon y el gobernador comen en el cuarto del enfermo?

—Duermen también.

—¿Cuántas veces ha venido el gobernador a esta isla y a la de San José?

—Desde que usted se fue, ni una.

—¿Y De Brinon?

—Tampoco.

—¿Y usted?

—Yo no vine. Hay trabajo, le aseguro.

Se preguntó si nadie habría advertido que la cárcel estaba sin jefes. Creyó prudente hacer una inspección y no olvidarse de mirar el archivo y el depósito de armas.

XXV

Recorrió las islas Real y San José. Los castigos, las miserias, seguían… Tal vez los abusos de los carceleros habrían aumentado; no se notaba. Sin directores, la más horrible de la cárceles funcionaba perfectamente. Esos condenados sólo podían robar un bote y naufragar a la vista de la islas o matarse contra una letrina. Toda rebelión era inútil. Había tenido una idea fija, una humillante locura.

En ese momento lo tomaron de un hombro. Dio media vuelta y se miró en los ojos de un viejo presidiario, un tal Pordelanne. Pordelanne empezó lentamente a levantar el brazo derecho; Nevers retrocedió y pudo ver que el hombre tenía en la mano un objeto verde y colorado. Le mostraba una diminuta casilla de perro.

—Se la vendo —dijo con voz aflautada—. ¿Cuánto me da?

Pordelanne se arremangó un poco los pantalones y se arrodilló cuidadosamente. Depositó en el suelo la casilla, acercó la cara a la puerta y gritó: «¡Constantino!». Inmediatamente saltó un perro de madera. De nuevo lo puso adentro, golpeó las manos y el perro volvió a salir.

—¿Usted lo hizo? —preguntó Nevers.

—Sí. El perro sale por la acción del sonido. Cuando las pilas se gasten, las cambia. ¿Cuánto me da?

—Cinco francos.

Le dio quince y continuó el recorrido, incómodo, sintiendo que ese juguete provocaría su descrédito.

Advirtió algunos cambios en la lista de los presos del galpón colorado. Deloge y Favre habían sido trasladados a la isla del Diablo; Roday y Zurlinder, de la isla del Diablo, los reemplazaban. Nevers recordó la nerviosidad que tuvo Dreyfus cuando hablaron de los presidiarios; se preguntó si Castel habría esperado que él fuera a Cayena para ordenar el cambio; no se indignó; pensó que tal vez el gobernador no había sido injusto: en la isla del Diablo los presidiarios recibían mejor trato; era posible que entre los setecientos cincuenta presidiarios que había en las islas Real y San José alguno lo mereciera, y que tres de los cuatro presos políticos que había en la isla del Diablo fueran canallas irremediables. En principio, sin embargo, se oponía a mezclar los presos comunes con los políticos.

Volvió a la gobernación; fue al archivo. Libros, repisas, telarañas: todo estaba intacto. Fue al depósito de armas: no faltaba nada. En el fondo, como siempre, estaban las ametralladoras Schneider; a la derecha, en el suelo, las cajas de municiones, bien cerradas, llenas (trató de levantarlas); a la izquierda, el barril de aceite de máquina de coser, que usaban para las armas; también a la izquierda, en los estantes, los fusiles. Sin embargo, la cortina amarilla que se corría sobre los estantes de los fusiles estaba abierta, *y en su recuerdo estaba cerrada.* Emprendió una nueva inspección. Llegó al mismo resultado: con excepción de la cortina, todo estaba en orden. Tal vez, pensó, tal vez algún pobre diablo descubrió las llaves y después de registrar el depósito prefirió imaginar que no se había preparado, que la hora no era buena y que le faltaba un cómplice; que le convenía dejar las llaves y volver a la noche (cuando tuviera un plan, y, sobre todo, un bote con provisiones). Nevers confiesa que al cerrar la puerta y guardar las llaves lamentó frustrar los planes de ese desconocido.

Entró en su cuarto, dejó el juguete sobre la cómoda, cerró las persianas y se recostó. Dreyfus lo había impresionado: tal vez Castel no fuera un canalla. *Un buen director no se olvida tan perfectamente de la cárcel, no admite que pueda funcionar sola. Todo buen gobernante cree en la necesidad de ordenar, de molestar... Tal vez Castel fuera un hombre excelente.*

Que los síntomas del Cura no correspondiesen a los del cólera, nada probaba en contra del gobernador; quizá el Cura tuviera una enfermedad parecida al cólera, y el gobernador hubiera dicho cólera para simplificar, para que Dreyfus entendiera; o quizá Dreyfus había entendido mal, o se había explicado mal.

Sus temores eran ridículos. Le molestaba ser, a ratos, un maniático, un loco. Pero también sentía alivio: tenía que esperar hasta la llegada de Xavier, pero tenía que esperar en un mundo normal, con una mente normal. Entonces recordó la prohibición de ir a la isla del Diablo. Con todo, pensó, hay algún misterio.

XXVI

El misterio de la isla del Diablo no me incumbe, aun si existe. Lo que tardó mi sobrino en llegar a esta conclusión es prodigioso. Para nosotros, que ingenuamente creemos en el deber, ese misterio no sería indiferente.

No era éste el caso de Nevers. *Una vez más recordé que la estada en las Guayanas era un episodio en mi vida… El tiempo lo borraría, como a otros sueños.*

Pasó de una obsesión a otra. Se consideraba culpable de que estuviera ciego el Cura y de que faltaran medicinas para los enfermos. Decidió irse inmediatamente a Cayena, a buscar los encargos que no había traído. Llamó al ordenanza. Nadie contestó. Preparó la valija y él mismo la llevó a la *Bellerophon.*

Antes de irse costeó la isla del Diablo, lentamente. Vio a un presidiario que pescaba en las barrancas del extremo sudoeste. Rodeado por las barrancas y, más arriba, por bosques de escuálidas palmeras, el lugar estaba fuera de la vista de los pobladores de las islas Real y San José, y aun, si no se asomaban expresamente, de los pobladores de la isla del Diablo. Se atribuyó una súbita inspiración y resolvió hablar con ese hombre. Casi no había peligro de que lo sorprendieran, *y si me sorprendían, las consecuencias llegarían tarde.*

Atracó; hizo un nudo complicadísimo, que excluía toda posibilidad de una retirada veloz.

El presidiario era inmensamente gordo. Miraba a su alrededor, como asegurándose de que no había nadie. A Nevers le pareció que ese ademán le correspondía a él, no al presidiario; en seguida admitió la posibilidad de que el hombre tramara algún ataque. Con este contendiente, pensó, una pelea no es peligrosa. Pero después nadie ignoraría su visita a la isla del Diablo. Era tarde para retroceder.

—¿Qué tal la pesca? —preguntó.

—Muy buena. Muy buena para no aburrirse —el presidiario sonreía nerviosamente.

—¿Está mejor que en el galpón colorado?

Con reprimida agitación oyó unos pasos que se acercaban, por lo alto; se guareció contra un arbusto espinoso. A su alrededor, en alguna parte, el hombre sonreía, decía:

—Esto es una maravilla. Nunca podré agradecer al señor gobernador lo que ha hecho por mí.

—¿Usted es Favre o Deloge?

—Favre —dijo el hombre golpeándose el pecho—. Favre.

—¿Dónde vive? —preguntó Nevers.

—Por este lado —Favre señaló hacia lo alto de la barranca—. En una choza. Deloge vive en otra, más allá.

De nuevo resonaron los pasos. Desde su llegada a las Guayanas, continuamente oía caminar a los centinelas; jamás los había oído caminar con pasos tan retumbantes y numerosos. Se arrinconó contra el arbusto.

—¿Quién anda? —preguntó.

—El caballo —respondió Favre—. ¿No lo ha visto? Suba las barrancas.

No sabía qué hacer; no quería contrariar al presidiario, y temía subir y que aprovechara ese momento para correr hacia la lancha y fugarse; subió con disimuladas precauciones (para que no lo vieran desde arriba, para no perder de vista al hombre que estaba abajo). Un caballo suelto —blanco y viejo— daba vueltas continuamente. El presidiario no se movió.

—¿Qué le pasa? —preguntó Nevers.

—¿Usted no sabe? Cuando lo soltamos se pone a dar vueltas, como un demente. Me hace reír: ni reconoce el pasto. Hay que metérselo en la boca para que no se muera de hambre. En esta isla todos los animales están locos.

—¿Una peste?

—No. El señor gobernador es un verdadero filántropo: trae animales locos y los cura. Pero ahora, con los enfermos, no puede atender los animales.

No quería que la conversación se interrumpiera; dijo distraídamente:

—¿Entonces, no se aburre aquí?

—Usted sabe las condiciones. Menos mal que de noche pasamos el rato hablando con el señor gobernador.

Se abstuvo de preguntar de qué hablaban. En ese primer diálogo debía conformarse con algún dato sobre las pinturas que había hecho el gobernador en el pabellón central. Para acercarse indirectamente al tema, preguntó:

—Las condiciones, ¿qué condiciones?

El hombre se levantó y, dramáticamente, dejó caer la caña:

—¿El señor gobernador lo mandó a hablar conmigo?

—No —dijo Nevers, confuso.

—No mienta —gritó el hombre, y Nevers se preguntó si el ruido del mar acallaría esos gritos—. No mienta. No me ha sorprendido. Si he faltado a mi palabra, es por error. ¿Cómo iba a creer que lo habían mandado para tentarme?

—¿Para tentarlo?…

—Al ver su grado creí que podíamos hablar. Esta misma noche explicaré todo al señor gobernador.

Nevers lo tomó de los brazos y lo sacudió.

—Le doy mi palabra que el señor gobernador no me ha mandado ni a tentarlo, ni a espiarlo, ni a nada que se parezca. ¿Usted no puede hablar con nadie?

—Con Deloge.

—Usted debe un gran favor al señor gobernador, y ahora quiere entristecerlo diciéndole que no ha cumplido sus órdenes. Eso no es gratitud.

—Él dice que lo hace por nuestro bien —gimió el presidiario—. Dice que va a salvarnos, y que si hablamos…

—Si hablan se perjudican —lo interrumpió Nevers, guiado por su invencible instinto de perder las oportunidades—. Yo también los ayudaré. No diré nada, y le ahorraremos un disgusto al señor gobernador. Usted no hablará tampoco. ¿Puedo contar con su promesa?

El hombre, ahogado por unos tenues gemidos, le ofreció su mano mojada. Nevers la vio brillar en el crepúsculo, y la estrechó con entusiasmo.

Después regresó a la isla Real. Mantenía su intención de irse a Cayena; se iría a la mañana siguiente, porque prefería no viajar de noche.

XXVII

—¿Qué se propone? —inquirió Dreyfus. Eran las diez de la mañana. Nevers se vestía.

—Me voy a Cayena.

—El gobernador manda que no se moleste —repuso Dreyfus—. Si el hombre no tiene nada hasta el 26, es inútil que usted vaya. El gobernador quiere visitarlo.

Dreyfus se retiró. Nevers sentía remordimientos por su conducta anterior. Sin embargo, se preguntó cómo haría para hablar de nuevo con Favre. Después del noble intercambio de promesas y del acuerdo de sus voluntades (evitar disgustos a Castel, evitar desobediencias a Castel), no cabía otra conversación.

Era casi de noche cuando bajó al embarcadero. En el camino se encontró con el ordenanza. El hombre le preguntó:

—¿Se va a Cayena?

—No. Voy a probar la *Bellerophon*. Anda mal.

Era una pésima excusa. Los motores interesan al género humano: temió que el ordenanza lo siguiese, o que por el ruido del motor descubriera la mentira. Se alejó rápidamente. Subió a la lancha, la hizo andar y salió mar afuera. Navegó en una dirección y otra, como si probara el motor. Después se dirigió a la isla del Diablo.

Favre agitó un brazo. Estaba en el mismo lugar, pescando con otro presidiario. Nevers no divisó a nadie más.

Favre lo saludó alegremente y le presentó a su compañero Deloge, a quien dijo:

—No te asustes. El señor es un amigo. No dirá nada al señor gobernador.

Deloge desconfiaba. Era pequeño, o así lo parecía al lado de Favre; tenía pelo colorado, una mirada vagamente extraña y una expresión aguda y ansiosa; con mal disimulada curiosidad, escrutaba a Nevers.

—No temas —insistía Favre—. El señor quiere ayudarnos. Podemos hablar con él y saber lo que pasa en el mundo.

Nevers creyó descubrir que se había establecido una especie de complicidad entre él y Favre; quiso aprovecharla, y habló, sin prudencia ni tino, de su resolución de abandonar las islas cuanto antes. Preguntó a Favre:

—Usted, si pudiera irse, ¿qué lugar elegiría para vivir?

Deloge se agitó como un animal asustado. Esto pareció estimular a Favre, que dijo:

—Me iría a una isla solitaria.

Hasta llegar a las islas, Nevers había soñado con la isla solitaria. Le indignó que ese sueño pudiera engañar a un recluso de la isla del Diablo.

—Pero ¿no prefiere volver a Francia, a París? ¿Tal vez a América?

—No —replicó—. En las grandes ciudades no es posible encontrar la felicidad. (Nevers pensó: ésta es una frase que ha leído o que ha oído.)

—Además —aclaró Deloge, con voz profunda—, el señor gobernador nos ha explicado que, tarde o temprano, nos descubrirían.

—Aunque nos perdonaran —se apresuró a decir Favre—, todos nos mirarían con desconfianza. Hasta nuestra familia.

—Estaríamos marcados —afirmó con súbita alegría Deloge. Repitió—: Marcados.

—Deloge —dijo Favre, señalándolo— quería ir a Manoa, en El Dorado.

—¿El Dorado? —preguntó Nevers.

—Sí; las cabañas de barro tienen techo de oro. Pero yo no aseguro nada, porque no he visto nada. Castel nos desengañó. Dice que el oro vale allí como la paja. Pero yo comprendo sus razones: Manoa queda en el interior de las Guayanas. ¿Cómo pasar por la zona vigilada?… —Favre se calló bruscamente; después dijo con nerviosidad:

—Es mejor que se vaya. Si aparece Dreyfus, o el gobernador se entera…

—Dreyfus nunca sale de noche —gruñó Deloge.

—Para mí también es tarde —aseguró Nevers. No quería contrariar a Favre; no sabía qué decir para tranquilizarlo. Le apretó mucho la mano, entrecerró los ojos y ladeó la cabeza: un lenguaje efusivo y adecuadamente impreciso.

¿Castel los preparaba para una evasión? Tal vez las enfermedades de Julien y del Cura frustraban los planes… Pensaba llevarlos a una isla. Se preguntó qué islas adecuadas había en el Atlántico. No podía llevarlos hasta el Pacífico. *Si no los pasa por un túnel… No es asunto mío… Sobre todo, si estoy ausente.*

Pero no entendía los planes de Castel. Mientras permaneciera en las islas trataría de averiguar sin arriesgarse. Tal vez creía tener un compromiso conmigo. Me había confiado tantas suposiciones disparatadas, que ahora, ante algo verosímil, quería aclarar las cosas.

XXVIII

No faltarán quienes denuncien mi responsabilidad en el delirante plan que deparó a Nevers sus ambiguos descubrimientos y su muerte enigmática. No rehúyo responsabilidades, pero no he de cargar con las que no merezco. En el capítulo anterior he dicho: «Tal vez creía tener un compromiso conmigo. Me había confiado tantas suposiciones disparatadas, que ahora, ante algo verosímil, quería aclarar las cosas». Repito eso. Reconozco eso. Nada más.

Dreyfus le anunció para la noche la visita del gobernador. Nevers estuvo preocupado; alrededor de las diez de la noche entrevió el plan, y, en seguida, tomó unas copas para animarse a ejecutarlo. Hasta las once creyó que el gobernador lo visitaría: después dudó, y después creyó que era absurdo haberlo esperado. Con esa convicción, el alcohol y el primer tomo de los *Ensayos* de Montaigne, se durmió sobre el escritorio. Lo despertó el gobernador.

Inculparme con una responsabilidad directa sería injusto: Nevers entrevió el plan a las diez, lo cumplió a medianoche, y yo estaba en Francia y él en las islas de la Salvación. En cuanto a una responsabilidad general por no haberlo desanimado de tan irregulares actividades, también la niego. Si algún día se recuperan mis cartas a Nevers se verá que son muy pocas y que si demuestro algún interés por su «investigación», es, apenas, el interés que exige la cortesía… Tal vez alguien pregunte cómo, sin que nadie lo estimulara, este hombre que no era inconteniblemente audaz inventó esas mentiras infames, que ponían en peligro su vida, o su libertad, o el regreso que tan pregonadamente deseaba; cómo se atrevió a decirlas; cómo tuvo decisión y habilidad para fingir ante el gobernador, y para convencerlo.

Ante todo, Nevers no era tímido; no era verbalmente tímido. No le faltaba coraje para hablar; le faltaba coraje para enfrentar las consecuencias de lo que decía. Se declaraba desinteresado de la realidad. Las complicaciones le interesaban. Puede corroborarme su complicación (sin duda aparente) en el asunto que lo obligó a irse de Francia. Puede corroborarme su actitud en la cárcel (desde el primer momento cuestionó, de un modo plenamente irregular, la conducta de su jefe). Puede corroborarme alguna señora de Saint-Martin.

Además, aunque es cierto que nadie lo estimuló, es inexacto que nada lo estimuló: había bebido. Lo estimuló, también, el estado del gobernador.

Nevers se despertó porque sintió una presión en el hombro. Era la mano del gobernador. El gobernador no lo miraba; empezó a moverse; rodeó el escritorio y fue a sentarse frente a Nevers. *Iba un poco a la deriva,* caminaba desviándose ligeramente; se pasó de la silla por un metro o dos; volvió atrás y se sentó, exánime. Tenía la mirada difusa, los ojos entrecerrados y hundidos. Su color era cadavérico, *como el de las caras de los malos actores, cuando representan papeles de viejos.* Tal vez esta apariencia de mal actor recordó a Nevers su intención de representar.

El gobernador parecía enfermo. Nevers se acordó de los dolores de cabeza y de los «ataques» de que habló Dreyfus; se acordó de la ridícula expresión de Dreyfus: «parece un dormido». Pensó que las facultades críticas de Castel debían de estar disminuidas… Si éste descubriera algún punto flojo en su exposición, lo dejaría pasar, para no cansarse. Resolvió intentar su jugada superflua y desesperada, y, solemnemente, se levantó.

—¿Sabe por qué estoy aquí?

Habló casi a gritos, de manera de infligir un verdadero suplicio a Castel. Éste, en efecto, cerró los ojos y se tomó la cabeza entre las manos.

—Estoy aquí porque me acusan de haber robado documentos.

Esa noche mintió llevado por el mismo impulso, por la misma desesperada curiosidad que le hizo mentir años antes en la ocasión recordada por su perdurable cicatriz. Continuó en voz más baja (para ser oído):

—Me acusan de haber vendido esos documentos a una potencia extranjera. Estoy aquí por un *chantage*. La persona que descubrió ese robo sabe que soy inocente, pero también sabe que las apariencias me acusan y que nadie creerá en mi inocencia; dijo que si yo me alejaba de Francia por un año, no me delataría: yo acepté, como si fuera culpable. Ahora, naturalmente, me ha traicionado. El 27 llega mi primo Xavier Brissac, con el doloroso deber de reemplazarme y de entregar a usted la orden de mi detención.

Por fin el gobernador le preguntó:

—¿Me dice la verdad?

Nevers asintió.

—¿Cómo hago para saber que usted es inocente? —preguntó el gobernador, extenuado, exasperado. En el fondo de ese cansancio, Nevers adivinaba *la firmeza de quien tiene medios para resolver la situación.*

—Antoine Brissac —respondió ligeramente Nevers—; pregúntele a mi tío Antoine; o si no, al mismo Pierre. Usted los conoce.

La vida entre presidiarios empezaba a minar el carácter de mi sobrino. Invocar a Pierre quedará, tal vez, como una venganza traviesa; pero su abuso de mi amistad no es correcto. Además, nosotros estábamos en Francia y si el cuento de Nevers hubiera sido verídico, ¿cómo Castel podría obtener *inmediatamente* nuestro testimonio?

—¿Está seguro de que lo han condenado?

—Seguro —respondió Nevers.

Lo interrogaban; le creían.

El gobernador, con voz apagada y temblorosa, volvió a preguntar si estaba seguro; Nevers le respondió que sí. El gobernador exclamó con cierta vivacidad:

—Me alegro.

Después cerró los ojos y escondió la cara entre las manos. Se retiró, protestando débilmente porque Nevers quería acompañarlo.

XXIX

Desenfundó la pistola.

Estaba paralizado. Pensaba rápidamente, como delirando, con imágenes. Quería comprender, resolver. No podía.

Lento y determinado, cruzó el cuarto, abrió la puerta, siguió las interminables galerías, subió la escalera de caracol y entró en su cuarto, a oscuras. Cerró con llave la puerta. Encendió la luz.

Tenía la impresión de haber caminado como un sonámbulo, como un fantasma. No sentía sueño, ni cansancio, ni dolores; no sentía su cuerpo: aguardaba. Tomó la pistola con la mano izquierda y extendió la derecha. La vio temblar.

En ese momento —¿o mucho después?— golpearon a la puerta.

Eso era lo que aguardaba. Sin embargo, no se atemorizó. Después de una pesadilla, ese golpe lo despertaba. En él reconoció la realidad, jubilosamente. Nevers, como tantos hombres, murió ignorando que su realidad era dramática.

Dejó la pistola sobre la mesa y fue a abrir. Entró Kahn, el guardia. Había visto luz en el cuarto, y «venía a conversar».

Kahn, respetuosamente, se mantenía de pie, junto a la mesa. Nevers tomó la pistola y cuando dijo que tenía que desarmarla y limpiarla se le escapó un tiro.

Sospecho que luego de la breve y, tal vez, heroica representación ante Castel entrevió posibles consecuencias. Sus nervios no resistieron.

XXX

El plan de Nevers había consistido en presentar como asunto público el asunto de las salinas, que dividió nuestra familia y lo alejó de Francia; quizá operara un burdo paralelismo con el caso Dreyfus, y no creo indispensable insistir sobre este frívolo empleo de una cuestión que cualquiera de nosotros, en las mismas circunstancias, hubiera mirado con reverencia y con pavor.

Estimulado por el alcohol pensó, tal vez, que la situación peligrosa, que la situación insostenible en que se ponía, no tendría consecuencias. La última conversación con Favre y con Deloge lo había convencido de que *el gobernador preparaba la fuga para muy pronto; los cambios de presidiarios entre las islas del Diablo y San José y Real tienen un significado indudable: concentrar presidiarios cuyas condenas son injustas. Las consecuencias de mi falsa confesión pueden ser: que el gobernador me lleve a la isla y me revele sus planes; o que me lleve, no me revele los planes, pero me haga participar en la fuga (trataré, primero, de investigar, luego, de sustraerme a la fuga); o que, por un justificado rencor, no me lleve a la isla, no me comunique nada ni quiera que participe en la fuga. Otras consecuencias no tendrá mi «confesión», aunque Xavier llegue antes del golpe. El gobernador no está en situación de buscar complicaciones; no me acusará. Tampoco esperará a que llegue Xavier.* Todo esto era una absurda manera de razonar: si Castel hubiera querido que algunos presidiarios se fugaran no tenía por qué fugarse él (podía irse cuando quisiera; no estaba preso).

Pasaron cuatro días y Nevers no tuvo noticias del gobernador. Este silencio no lo desconsoló; le dio la increíble esperanza de que sus palabras no tendrían consecuencias. Al cuarto día recibió una nota, con la orden de presentarse en la isla del Diablo el 24, al anochecer.

XXXI

16 de abril.

A las doce, como en las noches anteriores, abrió la puerta de su cuarto, escuchó, caminó por el oscuro corredor. Bajó la crujiente escalera, pretendiendo no hacer ruido, oír. Pasó por el despacho, por el vestíbulo enorme y con olor a creolina. Abrió la puerta: estuvo afuera, en una noche bajísima, cubierta de nubes.

Caminó en línea recta, después dobló hacia la izquierda y llegó a un cocotero. Suspiró; trémulo, trató de oír si alguien había oído el suspiro. Caminó silenciosamente; se detuvo en otro árbol; volvió a caminar; llegó a un árbol de ramas bajas, extendidas sobre el agua; entre las ramas, vio la forma de un bote, y, alrededor, espumas espectrales que se deshacían y rehacían en la negrura reluciente del mar. Pensó que se oirían los golpes de los remos, pero que debía remar en seguida, que no podía exponerse a que la corriente lo llevara a lo largo de la costa. Subió en el bote y remó tumultuosamente.

Se dirigió a la isla del Diablo, al lugar en que había estado con Favre y con Deloge. La travesía era un poco larga, pero el sitio de desembarco le parecía relativamente seguro. Golpes como de esponjosas bóvedas sacudían el fondo del bote y superficies de palidez cadavérica se deslizaban alrededor. Había pensado (días antes, en la primera travesía) que esas blancuras efímeras serían olas iluminadas por los escasos destellos de la luna, que pasaban a través de aberturas en las nubes; después había recordado que a los presidiarios que morían en las islas, de noche los llevaban en ese bote y los arrojaban al mar; le habían contado que los tiburones jugaban alrededor del bote, como perros impacientes. El asco de tocar un tiburón lo urgía a desembarcar en cualquier parte, pero siguió hasta el sitio en que se había propuesto desembarcar. No sabía si admirar su valor o despreciarse por el miedo que sentía.

Ató el bote, y trepó la barranca del extremo sudoeste de la isla. La barranca le pareció más corta; en seguida se encontró en el bosque de palmeras. Por cuarta noche llegaba a esos árboles. En la primera, creyó comprender lúcidamente los peligros a que se exponía, y decidió volverse. En la segunda, rodeó la choza de Favre. En la tercera, llegó a rodear el pabellón central.

Salía del grupo de árboles, en dirección a la choza de Favre, cuando vio dos sombras que avanzaban hacia él. Retrocedió pasando de una palmera a otra. Se arrojó al suelo; se acostó en un suelo chirriante y movedizo de insectos. Las sombras entraron en la choza. Como la choza estaba a oscuras, pensó que serían Favre y Deloge, de vuelta de su conversación con el gobernador; decidió visitarlos.

Pero no encendían ninguna luz; tal vez le conviniera ir hasta la ventana y espiar. En ese momento salió uno de los hombres, tambaleándose. Después apareció el otro. Caminaba uno delante de otro y llevaban algo, como una camilla. Nevers miró atentamente. Llevaban a un hombre.

Inmóvil, sepultado entre insectos, esperó que se alejaran. Después corrió hasta el bote y huyó de la isla. Al día siguiente, al escribirme, se quejó de haber estado lejos, de no haber visto la cara de los hombres.

Al otro día no fue a conversar con Favre y Deloge. Tampoco fue a la noche. No fue a la tarde siguiente. No fue el 18. No iría nunca. Se iría el 26 a Cayena. El 27 llegaría Xavier, y él, increíblemente, regresaría a Francia. Estaba libre del sueño abominable de las islas de la Salvación y le parecía absurdo inmiscuirse en cosas que ya habían pasado.

XXXII

Que lo sorprendieran los guardias de la isla Real no hubiera tenido consecuencias (es claro que si no lo reconocían, o si fingían no reconocerlo, la consecuencia sería un balazo). Pero que lo sorprendieran en la isla del Diablo hubiera sido grave. Quizá todo se redujese a dar una explicación imposible; pero si los misterios de la isla eran atroces —como la aventura del 16 parecía indicarlo—, no sería absurdo suponer que en las visitas a la isla arriesgaba la vida. ¿Quién era el hombre que habían sacado de la choza de Favre? ¿Qué le había ocurrido? ¿Estaba enfermo? ¿Lo habían asesinado?

En la noche del 19 lo venció la tentación y se levantó para ir a la isla; en la puerta de la Administración hablaban tenazmente dos guardias; regresó a su cuarto y se dijo que el destino había puesto a esos dos guardias para disuadirlo. Pero el 20 fue; se quedó unos pocos minutos y regresó con la impresión de salvarse de un peligro considerable. El 21 volvió a ir. La choza de Deloge estaba iluminada. Sin mayores precauciones caminó hasta la ventana, espió: Deloge, con su pelo colorado, más colorado que nunca, preparaba un café; estaba serio, silbaba, y con la mano derecha, y por momentos con las dos manos, dirigía una orquesta imaginaria. Nevers tuvo ganas de entrar y de preguntarle qué le había pasado a Favre. Pero su propósito era averiguar qué sucedía en el pabellón central; estaba resuelto a que ésa fuera su última incursión a la isla.

Se encaminó al pabellón central, pasando de un árbol a otro. De pronto, se detuvo: dos hombres avanzaban hacia él. Nevers se guareció detrás de una palmera. Los siguió de lejos, perdiendo tiempo en guarecerse detrás de los árboles. Los hombres entraron en la choza de Deloge. Acercarse a espiar era peligroso: tendría que pasar delante de la puerta o dar una vuelta demasiado larga. Prefería aguardar. Sabía lo que aguardaba. Apareció en la puerta uno de los hombres: se tambaleaba, como arrastrando algo. Después apareció el otro. Llevaban a un hombre. Nevers se quedó un rato entre los árboles. Después entró en la choza. Le pareció que todo estaba en desorden, *como en las fotografías del cuarto del asesinato.* Recordó que el desorden era el mismo que había visto por la ventana, cuando Deloge preparaba el café. La taza de café estaba sobre la cocinita. En el cuarto había un vago olor a enfermería. Nevers volvió a la isla Real.

XXXIII

Se aproximaba la fecha del regreso, y Nevers perdía interés en los misterios de la isla del Diablo, sentía ansiedad por irse, por verse definitivamente libre de la obsesión de esos misterios. Estaba resuelto a partir en el mismo barco en que llegaba Xavier; el 26 estaría en Cayena; el 27 regresaría a las islas, con Xavier; el 29 se iría a Francia. Pero antes ocurriría la noche del 24; la noche que debía pasar en la isla del Diablo.

Urdió precauciones para esa noche inevitable: ataría el bote a la *Bellerophon*, lo llevaría a remolque hasta el árbol, donde siempre había desembarcado, y después iría en la lancha hasta el embarcadero de la isla. Si fuera necesario huir, tendría el bote en un lugar seguro. Cambió el plan: era mejor dejar la *Bellerophon* en el lugar secreto y llegar en el bote al embarcadero. Para una huida la lancha era más útil.

El 24, a las siete y media de la tarde, tomó la *Bellerophon* y desembarcó debajo del árbol. Subió la barranca, atravesó el bosquecito de palmeras y caminó hasta el pabellón central. Golpeó las manos; nadie contestó; quiso entrar; la puerta estaba cerrada. Regresaba, cuando se encontró con Dreyfus, que parecía venir del embarcadero.

—¿Dónde ha desembarcado? —preguntó Dreyfus—. Estoy aguardándolo desde las seis. Ya creí que no venía.

—Hace rato que golpeo a la puerta. Casi tengo ganas de irme.

—Aquí están muy atareados. El señor gobernador lo aguardó hasta hace un rato. ¿Dónde desembarcó?

Nevers hizo un ademán en dirección al embarcadero.

—¿Para qué me llaman? —preguntó.

—No sé. El señor gobernador le ruega que duerma esta noche en la cabaña de Favre. Mañana le apañaré un cuarto en el pabellón central.

—¿Favre está enfermo?

—Sí.

—¿Están enfermos el Cura, Julien y Deloge?

—¿Cómo sabe que Deloge está enfermo?

—Cómo lo sé, no importa. Importa que me traigan aquí para contagiarme. Que me hagan dormir en esa choza, para que no pueda salvarme del contagio.

Fueron hasta la choza. Todo estaba muy limpio, muy bien preparado. Nevers pensó que era difícil conseguir buenos sirvientes y que debía tratar de llevarse a Dreyfus a Francia. Dreyfus le dijo:

—Como estuve a su espera, no pude ocuparme de la cocina. Le traeré la comida a las nueve. Usted perdone.

Nevers había llevado un libro de Baudelaire. Entre los poemas que leyó, menciona «Correspondances».

De nueve a nueve y media estuvo casi tranquilo, casi alegre. La comida era excelente y la presencia de Dreyfus lo confortaba. Cuando se quedó solo, volvió a leer. Poco antes de las once apagó la luz y fue a pararse a la puerta. Pasó mucho tiempo. Tenía sueño y cansancio. Pensó que había pasado tanto tiempo, que podía considerarse libre por esa noche, y que podía acostarse. Antes miraría la hora. Encendió un fósforo. Habían pasado catorce minutos. Se recostó contra la puerta. Estuvo así muchísimo tiempo. Afirma que se le cerraban los ojos.

Abrió los ojos: todavía a cierta distancia, dos hombres caminaban hacia él. Se metió adentro y en seguida pensó que tenía que salir y esconderse entre los árboles. Pero los hombres lo verían salir. Estaba en una trampa. Después intentó y logró salir por la ventana (con dificultad, era muy chica). Se quedó mirando; no por curiosidad: tenía tanto miedo que no podía moverse.

Los hombres entraron en la choza. El menos alto se inclinó sobre la cama. Nevers oyó una exclamación de ira.

—¿Qué hay? —preguntó una voz rarísima.

—Encienda un fósforo —dijo la voz conocida.

Nevers huyó hacia la lancha.

XXXIV

En la madrugada del 25, Nevers desembarcó en Cayena. Inmediatamente fue a la gobernación. Se acostó, pero no logró dormir. Estaba nervioso y, para calmarse y ordenar sus ideas, me escribió estas líneas:

Estoy en guerra abierta con el señor Castel. En cualquier momento llegará de las islas la orden de mi detención. Es verdad que le conviene no moverse; si me obliga a defenderme, saldrá perdiendo.

Tendré que prevenir a Xavier. Si el gobernador lo convence, quién sabe lo que me espera. Pero si yo lo convenzo, el problema será impedir que Xavier inicie un proceso contra Castel, me obligue a declarar y postergue mi regreso.

Recordó el encargo de la carta. Sacó el sobre del bolsillo, y leyó:

«M. Altino Leitao,
18 bis rue des Belles-Feuilles,
Cayenne.»

Fue hasta la cocinita que había para preparar el desayuno y calentó agua. Después mojó los dedos y los pasó por el cierre del sobre. Trató de abrirlo, con aparente habilidad (primero), con impaciencia (después). Desgarró el papel; leyó:

«Estimado amigo Leitao:

Le agradeceré entregue al portador una doble remesa de su acreditada dinamita. Tenemos aquí urgentes y trascendentales trabajos.

Soy su atento, su fidelísimo cliente.

Fdo. Pedro Castel. 6 de abril de 1914».

Pasada la sorpresa del primer momento —que el gobernador no aludiera a él, Nevers, irónicamente—, procuró cerrar el sobre. Se vería que había sido abierto. Trató de imitar, en otro sobre, la letra de Castel. Fracasó.

A las ocho entró Legrain, muy sucio y con una enorme aureola de pelo. Nevers le preguntó a qué hora llegaba el barco de Xavier.

—Llega mañana, a las islas.

—¿Y aquí?

—Aquí no viene.

Decidió volver al día siguiente a las islas, con la dinamita. Si Castel no decía nada a Xavier, él no diría nada y *Castel se convencerá de mi intención de no hablar. Si Castel me acusa, tengo la dinamita, como argumento.*

—Dígame, Legrain, ¿quién es un tal Leitao?

—¿Leitao? El presidente de una compañía de contrabandistas brasileños. La compañía más fuerte. Si algún fugitivo cae en sus barcos —aunque prometan llevarlo a Trinidad, aunque le cobren el viaje, créame usted—, acaban por abrirlo en busca de los supositorios con dinero. En tierra no es peligroso.

Nevers pensó que la mejor arma contra Castel era esa carta. Debía guardarla; era más convincente que los mismos explosivos. Además, para conservar la carta, era indispensable no visitar al contrabandista. Me escribe: *Pero si exhibo la carta no sólo demuestro la amistad censurable de Castel con el contrabandista; demuestro que he violado correspondencia.* Dudo de que se haya dejado engañar por esta falacia; supongo, más bien, que temía volver a las islas sin cumplir las órdenes de Castel.

De todos modos, pensó, no conviene que Leitao descubra que la carta fue abierta. Después de una larga meditación frente a la máquina de escribir, encontró la solución. En un sobre azul, sin membrete, escribió a máquina el nombre y la dirección de Leitao.

A las nueve estaba en la *rue des Belles-Feuilles.* Abrió la puerta una negra semidesnuda; lo llevó a un pequeño escritorio lleno de libros y le dijo que avisaría al señor.

Poco después entró suspirando un hombre inmenso, con un pijama a rayas grises y rojas. Era moreno, tenía el pelo corto y revuelto, y la barba de pocos días. Sus manos eran blancas y diminutas, pueriles.

—¿En qué puedo servirle? —respiró fuertemente, y suspiró.

Nevers le entregó la carta y trató de descubrir si Leitao la miraba con suspicacia. Leitao buscaba algo; inexpresivo, con lentitud, abría y cerraba uno por uno los cajones del escritorio. Sacó, finalmente, un cortapapel. Abrió delicadamente el sobre, sacó la carta, la extendió sobre la mesa. Suspiró, registró impávidamente los bolsillos del pijama, hasta encontrar un pañuelo; después buscó los anteojos. Los limpió, se los puso, leyó la carta. Puso los anteojos sobre el escritorio, se pasó la mano por la cara y emergió suspirando.

—¿Cómo está el señor gobernador? —preguntó con una sonrisa que a Nevers le pareció forzada.

—No está muy bien —respondió Nevers.

Leitao suspiró, dijo:

—Un gran hombre, el señor gobernador, un gran hombre. Pero no cree en la ciencia. No cree en los médicos. Una gran lástima. —Se levantó, pesado y enorme, recogió la carta, se fue.

Media hora después Nevers seguía solo, proyectando tímidamente una fuga; temiendo, resueltamente, una celada. Leitao entró; sostenía con dos dedos ínfimos y níveos un impecable paquete.

—Aquí tiene —dijo, entregando a Nevers el paquete—. Presente mis respetos al señor gobernador.

Se pasó las manos por la cara, suspiró, se inclinó gravemente. Nevers balbuceó un saludo y retrocedió por la pieza, y retrocedió por el vestíbulo, hasta la calle.

Sentí compasión —escribe— *por ese deleznable contrabandista domiciliado en Cayena. Sentí compasión por todas las personas y por todas las cosas que veía. Ahí quedaban* —*como la gente que se ve desde la ventanilla, en los andenes de los pueblos de campo*—: *mi no merecida felicidad era partir.*

XXXV

27 a la tarde.

No era todavía de noche cuando Nevers llegó a las islas. Alguien le hacía ademanes desde la isla del Diablo. No contestó: el mar estaba revuelto y Nevers no se atrevió a soltar el timón. En seguida pensó que al no darse por aludido *confirmaba* su *fama de astuto*. Dejó que las olas acercaran un poco la *Bellerophon* a la isla del Diablo: el hombre de los ademanes era Dreyfus. Después de la inescrutable aventura de la choza de Deloge, Nevers desconfiaba de todos, aun de Dreyfus. Sin embargo tuvo un gran alivio al reconocerlo e impulsivamente lo saludó, agitando un brazo. Ese ademán (creyó) lo comprometía a atracar en la isla del Diablo. Dreyfus estaba en las barrancas del sudoeste, donde siempre había atracado Nevers, y con repetidos ademanes le indicaba la dirección del embarcadero; pero él atracó debajo de las barrancas, junto al árbol que se extiende sobre el mar. Dreyfus se adelantó abriendo los brazos.

Nevers pensó que el recibimiento era auspicioso, que no se había equivocado al regresar a las islas y, por fin, que había perdido su atracadero secreto.

—Enhorabuena —gritó Dreyfus—. No sabe cómo lo espero.

—Gracias —dijo, conmovido, Nevers; después creyó oír en la voz de Dreyfus un tono que le sugería una nueva interpretación para el recibimiento. Preguntó:

—¿Ocurre algo?

—Lo que nos atribulaba —suspiró Dreyfus. Miró alrededor y continuó—: Hay que poner tino en lo que se habla.

—¿Se enfermó el gobernador? —preguntó Nevers, *como si todavía creyera en los ataques, como si no hubiera sucedido el irrefutable episodio de la choza de Deloge.*

—Enfermó —dijo Dreyfus, increíblemente.

Nevers concibió a Dreyfus dirigiendo todo, organizando la aniquilación de todos. Pero no debía distraerse en imaginaciones fantásticas; tal vez tendría que enfrentarlas.

El viento se había calmado. Se envaneció afirmando que la seguridad y firmeza de la tierra eran virtudes *que sólo apreciamos nosotros, los marinos.* Caminaron cuesta arriba, hasta el bosquecito de palmeras. Se detuvo; no tenía urgencia en llegar al pabellón central, en llegar *a todas las situaciones enojosas que tendría que resolver.* Preguntó sin inquietud:

—¿El capitán Xavier Brissac ha llegado?

—¿Quién?

—El capitán Xavier Brissac.

—No. Aquí no ha llegado nadie.

—¿Tampoco lo esperan…?

—Yo no sé…

No tenía por qué saber, pensó Nevers. *Sin embargo* (escribe) *apenas reprimí esta locura: Dreyfus ignoraba la próxima llegada de Xavier, porque la próxima llegada de Xavier jamás ocurriría. Todo lo había inventado yo, en la desesperación por irme. Pero ya era bastante malo que el barco de Xavier se hubiese demorado…*

—¿Y usted cree que vendrá ese capitán?

—Estoy seguro.

—Sería muy bueno. Somos pocos.

—¿Pocos? ¿Para qué?

—Usted no ignora la situación de las islas. El gobernador se enfermó hace días; estamos sin gobierno.

—¿Teme algo?

—Tanto como temer, no. Pero tal vez su capitán llegue tarde.

XXXVI

Nevers se preguntó si Dreyfus estaría en contra o a favor de la conspiración. Dreyfus declaró noblemente:

—Será tal vez una hermosa desventura. Yo temía que la revuelta empezara estando yo solo, con los enfermos y el señor De Brinon.

Nevers se dijo que la situación parecía grave y que a él no le importaba mantener su prestigio ante Dreyfus; que ahora no pensaría en su prestigio, sino en la situación. Se repitió ese propósito, cuatro o cinco veces.

Entraron en el pabellón central; había olor a desinfectantes y olor a comida; olor a hospital, pensó Nevers. Confusamente vio en las paredes manchas coloradas, azules, amarillas. Era el famoso «camouflage» interior; lo miró sin curiosidad; con ganas de haberse ido. Preguntó:

—¿Dónde está el gobernador?

—En una celda. En una de las cuatro celdas que hay en este pabellón…

—¿Usted lo ha encerrado en una celda? —gritó Nevers.

Dreyfus parecía molesto. Se excusó:

—No tengo culpa. Cumplo las órdenes que me dan.

—¿Que le da *quién*?

—El gobernador. Por mí no lo hubiera hecho. Cumplo las órdenes. El gobernador dijo que lo metiéramos en una celda.

—Condúzcame, quiero hablar en seguida con el señor gobernador.

Dreyfus lo miró, absorto. Repitió:

—¿Hablar con el señor gobernador?

—¿No me oye? —preguntó Nevers.

—El señor gobernador no lo oirá. No reconoce a nadie.

—Quiero hablarle.

—Usted ordena —dijo Dreyfus—. Pero sabe que es de noche. La orden es que no se moleste de noche a los enfermos.

—¿Insinúa que debo esperar hasta mañana para verlo?

—Para verlo, no. Lo verá desde arriba. Pero le ruego que no haga ruido, porque está despierto.

—Si está despierto, ¿por qué no puedo hablar con él?

Se arrepintió de entrar en una discusión con Dreyfus.

—Para hablar con él tendrá que esperar hasta mañana, cuando duerma.

Nevers pensó que ya estaba enfrentando la rebelión, y que la ironía de Dreyfus no era meramente facial: era, también, burda. Pero Dreyfus estaba serio. Débilmente, Nevers le dijo que no comprendía.

—¿Y usted cree que *yo* comprendo? —preguntó Dreyfus, airado—. Es una orden del gobernador. Aquí tenemos todo al revés y acabaremos todos locos. Pero yo estoy para cumplir las órdenes.

—¿La orden es hablar con los enfermos cuando duermen?

—Justamente. Si usted les habla de noche, no le oyen, o simulan no oírle. Los baño y los alimento de día.

Mi sobrino creyó entender. Preguntó:

—¿Cuando están despiertos?

—No, cuando duermen. Cuando están despiertos no hay que molestarlos. El señor Castel le dejó a usted unas instrucciones escritas.

—Démelas.

—Las tiene el señor De Brinon. Está en la isla Real. Podríamos ir en su lancha, o en el bote.

—Ya iremos. Primero hablaré con el señor Castel.

Dreyfus lo miró con estupor. Nevers no se dio por aludido. Antes de hablar con el gobernador, no lo alejarían.

XXXVII

—Si quiere verlos, pase.

Dreyfus abrió una puerta y quiso que Nevers pasara primero; éste dijo: «lo sigo», y, con disimulo, consciente de su ineficacia y teatralidad, empuñó el revólver. Atravesaron un escritorio grande, con viejos sillones de cuero y una mesa con montones de libros y de papeles en impecable orden. Dreyfus se detuvo.

—¿Cree usted prudente ver ahora al señor Castel? La situación de la isla es grave. Yo no perdería tiempo.

—Obedezca —gritó Nevers.

Dreyfus le hizo una cortés indicación de que pasara adelante; accedió, se arrepintió de haber accedido, subió una escalera y, en lo alto, se detuvo frente a una puerta; la abrió; salieron a una azotea y a un cielo estrellado y remoto. Hacia el centro de la azotea había una amarillenta lamparita de luz eléctrica.

—No haga ruido —aconsejó Dreyfus—. Ahora los veremos.

XXXVIII

Para mejor comprensión de los hechos increíbles que narraré, y para que el lector imagine claramente la primera y ya fantástica visión que tuvo Nevers de los «enfermos», describiré la parte del pabellón que éstos ocupaban. En el centro, en el piso bajo, hay un patio abierto; en el centro del patio, una construcción cuadrangular, que antiguamente contenía cuatro celdas iguales. *Dreyfus me informa que el gobernador hizo derribar las paredes interiores de esa construcción* —escribe Nevers—. *Después ordenó levantarlas como están ahora: determinaron cuatro celdas desiguales, de forma escandalosamente anormal.*

Qué se proponía el gobernador con esos cambios es un misterio que no he averiguado.

Lo curioso es que lo averiguó. Esta inconsistencia, ¿delata una incapacidad de ver sintéticamente sus pensamientos? ¿O, más bien, que Nevers nunca releyó esa última carta? El caprichoso propósito de Castel era (como el lector podrá apreciarlo en el plano que agrego a este capítulo) que cada una de las cuatro celdas tuviera una pared contigua con las tres restantes.

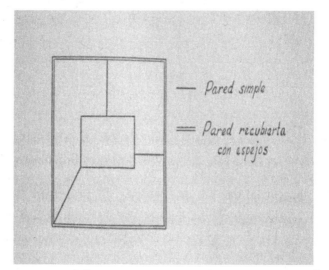

Las celdas no tienen techo; se vigilan desde arriba. Antes, los pasadizos o galerías que salen de la terraza y atraviesan todo el patio, se cruzaban sobre las celdas. Castel suprimió la parte de las galerías que había sobre las celdas, y ensanchó el canto superior de las paredes, de modo que sirviera de camino para los carceleros; Nevers observa: *no tienen barandas y las paredes son muy altas; las galerías de antes debían de ser más seguras.*

Unas lonas permiten cubrir las celdas y todo el patio; por orden de Castel se ponían las lonas en caso de lluvia.

Una de las celdas es interior. *Si tuviera que encerrarme en una de ellas* —escribe Nevers— *elegiría ésa. Por lo menos estará libre del caliente horror de los espejos.* Alude, con su habitual dramatismo, a los grandes y baratos espejos que hay en las otras celdas. Cubren, del lado de adentro, todas las paredes que dan al patio.

XXXIX

Caminó hasta la baranda y miró hacia abajo: el pabellón sin techo que había en el centro, el patio y las paredes que rodeaban el patio, estaban cubiertos de intensas manchas coloradas, amarillas y azules. *Delirium tremens,* pensó Nevers. Agrega: *Parecía que alguna persona de gusto aborrecible hubiera decorado el patio para una fiesta* y recordó «El infierno», un *melancólico* dancing de Bruselas, donde conocimos a un interesante grupo de pintores jóvenes.

Siguió por la galería; al borde del pabellón sin techo, se detuvo; después de un momento de irresolución, avanzó por el canto de la pared. Cruzar de una galería a otra (siguiendo el canto de la pared, por encima del pabellón) no era difícil. Pensó que debía caminar sin detenerse, hasta llegar al otro lado; se detuvo. Se olvidó, por fin, de sí mismo. En los primeros momentos de esa visión abominable debió de sentir algo parecido al vértigo, o a la náusea (pero no era la falta de baranda lo que originaba esas sensaciones). Las celdas estaban pintarrajeadas; no tenían otra abertura que la del techo; las puertas se disimulaban en las manchas de las paredes; en cada celda estaba parado un «enfermo»; los cuatro enfermos con los rostros pintados, como cafres blancos, con pintura amarilla en los labios, con idénticos pijamas rojos, a rayas amarillas y azules, estaban quietos, pero en actitud de moverse, y Nevers tuvo la impresión de que esas actitudes dependían entre sí, formaban un conjunto, o lo que llaman, en los *Music Halls*, un cuadro vivo (pero él mismo agrega: no había ninguna abertura por la que pudieran verse de una celda a otra). Sospechó que estuvieran representando, que todo fuera una broma inescrutable, para confundirlo o distraerlo, con designios perversos. Resolvió encarar inmediatamente a Castel. Con una voz que no dominaba, gritó:

—¿Qué significa esto?

Castel no respondió; ni la más leve contracción en el rostro delató que hubiera oído. Volvió a gritar. Castel siguió imperturbable; todos los enfermos siguieron imperturbables.

Advirtió que habían cambiado de postura; durante unos segundos creyó que todos habían cambiado de postura bruscamente, cuando él miraba al gobernador; luego descubrió que se movían, pero de un modo casi imperceptible, *con lentitud de minutero.*

—Es inútil que grite —advirtió Dreyfus—. No oyen, o no quieren oír.

—¿No quieren oír? —preguntó Nevers con detenido énfasis—. Usted dijo que simulaban. ¿Están enfermos o no?

—A las claras. Pero yo he departido con ellos, y sin gritar —lleve la cuenta—, sin levantar la voz. Y de pronto no me oían, como si hablara en turco. Era insignificante que gritara. Yo me ponía airado: creía que se mofaban de mí. Hasta llegué a inventar que era yo el que había perdido la voz, mientras mis alaridos me ensordecían.

—¿Están locos?

—Usted sabe cómo se vira el cristiano muy decaído por la enfermedad y las fiebres.

Parecía increíble estar cuerdo y estar viendo a esos hombres, como cuatro figuras de cera for-

mando un cuadro vivo desde cuatro celdas inco-
municadas. Parecía increíble que el gobernador
hubiera estado cuerdo y hubiera pintado las celdas con esa caótica profusión. Después, Nevers
recordó que en los sanatorios para nerviosos había
piezas verdes para calmar a los enfermos, y piezas
rojas para excitarlos. Miró las pinturas. Predo-
minaban tres colores: el rojo, el amarillo y el
azul; había además combinaciones de sus varian-
tes. Miró a los hombres. El gobernador, con un
lápiz en la mano, repetía palabras casi ininteligi-
bles y pasaba lentamente de la perplejidad a la
desesperación y de la desesperación al júbilo.
Favre, más gordo que nunca, lloraba sin mover
el rostro, con la definitiva fealdad de las estatuas
burlescas. El Cura representaba el papel de fiera
acorralada: con la cabeza baja y espanto en los
ojos, parecía merodear, pero estaba inmóvil. Deloge sonreía vanamente, como si estuviera en el
cielo y fuera un bienaventurado (ínfimo y peli-
rrojo). Nevers sintió la presencia vaguísima de
un recuerdo, y un definido malestar; después *vio*
ese recuerdo: una pavorosa visita al Museo Gré-
vin, a los ocho años.

En las celdas no había camas, ni sillas, ni otros
muebles. Preguntó a Dreyfus:

—Me imagino que les ponen camas para
dormir.

—De ningún modo —Dreyfus respondió
implacablemente—. Es orden del gobernador.

No se les arrima nada. Para entrar en las celdas me enfundo un pijama como el de ellos.

Nevers no escuchaba.

—Será orden del gobernador —murmuró—. No de un ser humano. No estoy dispuesto a acatarla.

Pronunció claramente las dos o tres últimas palabras.

—Duermen en esas colchonetas —aclaró Dreyfus.

Nevers no las había percibido. Estaban calzadas en el piso y pintadas de tal modo que se confundían con las manchas.

Sintió asco; miedo, no. Esos cuatro hombres parecían inofensivos. En lo que él mismo califica de fugaz locura, imaginó que estaban bajo la influencia de algún alcaloide y que Dreyfus era el organizador de todo. Los propósitos que perseguía Dreyfus, y lo que esperaba de él, no fueron revelaciones de esa locura.

XL

¿O el gobernador será el culpable de todo esto? No parecía posible: él era uno de los «enfermos». *Sin embargo* —continúa Nevers— *hay quienes se operan a sí mismos; quienes se suicidan. Tal vez los haya dormido, y se haya dormido, por un tiempo largo; quizá por años; quizá hasta la muerte. Sin*

duda Dreyfus les da (consciente o inconscientemente) alguna droga. Quizá —pensó ya en pleno furor conjetural— *esa droga produce dos tipos alternados de sueños, que corresponden a nuestro sueño y a nuestra vigilia. Uno de reposo: estos pacientes lo tienen durante el día; otro de actividad: lo tienen de noche, que es más vacía que el día, menos rica en hechos capaces de interrumpir el sueño; los pacientes se mueven como sonámbulos, y su destino, por ser soñado, no ha de ser más espantoso, o más incalculable, que el de los hombres despiertos; tal vez sea más previsible (aunque no menos complejo), pues depende de la historia y de la voluntad del sujeto.* De estas pobres elucubraciones, Nevers pasa a no sé qué fantasía metafísica, evoca a Schopenhauer, y, pomposamente, narra un sueño: le han tomado un examen y él espera el veredicto de los examinadores. Lo espera con avidez y con terror, porque de ese veredicto depende su vida. Nevers observa con perspicacia: *sin embargo, yo mismo daré el veredicto, ya que los examinadores, como todo el sueño, dependen de mi voluntad.* Concluye ilícitamente: *Tal vez todo el destino (las enfermedades, la dicha, nuestra apariencia física, el infortunio) dependa de nuestra voluntad.*

Mientras pensaba esto, la presencia y la expectativa de Dreyfus le incomodaban. Tenía que decidir su conducta inmediata; empezó por ganar tiempo.

—Vamos al escritorio —dijo con voz que debía ser autoritaria y resultó aflautada.

Bajaron de la azotea, cerraron la puerta y Nevers se sentó en el sillón giratorio, frente a la mesa de trabajo, en el despacho del gobernador. Con ademán solemne, indicó a Dreyfus que se sentara. Dreyfus, visiblemente impresionado, se sentó en la punta de la silla. Nevers no sabía de qué hablarían, pero tenía que hablar seriamente si quería hacerse cargo de la situación, y Dreyfus esperaba eso de él. Se sintió inspirado; disimulando apenas el entusiasmo, preguntó:

—¿El gobernador me ha dejado instrucciones?

—Con toda verdad —repuso Dreyfus.

—¿Las tiene usted?

—Las tiene el señor De Brinon.

—¿Dónde está el señor De Brinon?

—En la isla Real.

Esto era sólo el simulacro de un diálogo, y Nevers se distraía mientras le contestaban. Contemplaba un vaso, o urna romana, que había sobre el escritorio. En el friso, unas bailarinas, unos ancianos y un joven celebraban una ceremonia *per aes et libram*; entre ellos una muchacha yacía, muerta.

—¿Cómo ir a la isla Real?

—Contamos con un bote. Además, está su lancha.

Nevers no se avergonzó de su pregunta. Tranquilamente pensó que la muchacha del vaso habría muerto en la víspera de las bodas. Sin duda esa urna había contenido sus restos. Tal vez los contenía aún. La urna estaba cerrada.

—Pero esta noche yo no movería ni el dedo, mi teniente. Yo no iría hasta mañana.

En el tono de Dreyfus había ansiedad. Nevers se preguntó si era verdadera o fingida.

—¿Por qué no iría hoy?

Nevers quería saber si el vaso contenía algo, y se levantó para sacudirlo. Dreyfus atribuyó el movimiento de Nevers a la solemnidad de lo que decían.

—Sea legal, mi teniente —exclamó—. Deje para mañana el viaje, y esta noche le narraré por qué usted hizo lo a propósito.

Nevers no respondió.

—Yo no me pondría bravo —continuó Dreyfus, con su más sugerente dulzura—. Si fuera usted, yo hablaría conmigo y trazaríamos un plan y me pondría a esperar a ese capitán que usted dice que vendrá.

Nevers resolvió ir inmediatamente a la isla Real. Temía haber sido injusto con el gobernador y ahora quería tener la deferencia de interesarse por las instrucciones que le había dejado; su regreso —argumenta— quizá produjera una conveniente confusión entre los amotinados.

—¿Se queda o viene? —preguntó.

Fue una interrogación hábil. Dreyfus ya no protestó; su pasión fue no dejar a los enfermos.

Nevers salió del pabellón y bajó hasta el árbol que le servía de amarradero. Subió a la lancha; muy pronto llegó a la isla Real. Lamentó no haber atracado más cautelosamente. Ningún guardia lo recibió. Se preguntó si triunfar tan hábilmente de Dreyfus no había sido una desgracia. La isla estaba a oscuras (a lo lejos, en el hospital y en la Administración, había unas pocas luces). Se preguntó por dónde empezaría a buscar a De Brinon. Decidió empezar por el hospital.

Mientras subía la cuesta creyó ver dos sombras que se escondían entre las palmeras. Pensó que era conveniente caminar despacio. Caminó muy despacio. En seguida comprendió el suplicio que había elegido... Durante un tiempo que le pareció largo pasó entre los desnudos troncos de las palmeras, como en un sueño atroz. Por fin llegó al hospital.

Allí estaba De Brinon. Nevers no tuvo un momento de duda. Era la primera vez que veía a ese joven atlético, de cara despierta y franca, de mirada inteligente, que se reclinaba, abstraído, sobre un enfermo. Ese joven tenía que ser De Brinon. Nevers sintió un gran alivio. Preguntó (no porque le interesara la respuesta; para empezar a hablar):

—¿Es usted De Brinon?

XLI

Desde afuera había oído un alegre estrépito. Al abrir la puerta se encontró con una opresiva oscuridad donde temblaban, en el silencio y en el hedor, tres velas amarillentas. Junto a una de las velas brillaba esa cara de expresión reconfortante. De Brinon levantó la cabeza; en su mirada había inteligencia; la sonrisa era franca. Contestó:

—¿Qué quiere?

Dice Nevers que tuvo la impresión de que la distancia que lo separaba de De Brinon había desaparecido y que la voz —atrozmente— sonaba a su lado. Dice que llama voz al sonido que oyó porque, aparentemente, De Brinon es un hombre; pero que oyó el berrido de una oveja. Un berrido asombrosamente articulado para una oveja. Añade que parecía una voz de ventrílocuo imitando a una oveja y que De Brinon casi no abría la boca al hablar.

—Soy De Brinon —continuó la extraña voz y Nevers la reconoció: era una de las voces que oyó en la cabaña de la isla del Diablo, la noche de su fuga—. ¿Qué quiere?

Podía adivinarse que el tono era amable. Una alegría pueril brilló en esos ojos despiertos. Nevers sospechó que De Brinon era un atrasado mental.

Empezó a ver en la oscuridad de la sala. Había cuatro presidiarios. Le pareció que lo miraban torvamente. No había ningún carcelero. Desde su última visita, el desorden y la suciedad habían aumentado. De Brinon operaba la cabeza de un enfermo y tenía las manos y las mangas empapadas en sangre.

Nevers trató de hablar con voz firme:

—Quiero las instrucciones que dejó para mí el señor gobernador.

De Brinon frunció las cejas, lo miró con gran vivacidad, se congestionó.

—Yo no sé nada de las instrucciones que me dejó el señor gobernador. No sé nada.

Empezó a retroceder como un animal acorralado. Nevers sintió valor ante ese enemigo; olvidando a los otros hombres que lo miraban desde la penumbra, dijo secamente:

—Deme esas instrucciones o le disparo un balazo.

De Brinon dio un alarido, como si ya lo hubiera alcanzado el balazo, y empezó a llorar. Los hombres huyeron tumultuosamente. Nevers avanzó con la mano estirada. El otro sacó del bolsillo un sobre y se lo entregó aullando:

—Yo no tengo nada, yo no tengo nada.

En ese momento entró Dreyfus. Nevers lo miró, alarmado; pero el rostro de Dreyfus estaba impávido; sin alterar esa impavidez, los labios se movieron.

—Apresúrese, mi teniente —Nevers oyó la voz sibilante y bajísima—. Ha ocurrido algo grave.

XLII

—Deloge ha muerto —dijo cuando llegaron afuera.

—¿Muerto? —preguntó Nevers.

Hasta ese momento los cuatro enfermos de la isla del Diablo le habían parecido virtualmente muertos. Ahora la idea de que Deloge estuviera muerto le parecía inadmisible.

—¿Qué pasó?

—No sé. No vi nada. Ahora me preocupan los otros…

—¿Los otros?

—No sé. Prefiero estar cerca.

Volvió a pasar por el bosque de palmeras. Miró insistentemente: creyó que no había nadie. En seguida oyó una risa de mujer, y, confusamente, vio dos sombras. Primero tuvo una sensación desagradable; como si esa risa lo ofendiera porque Deloge había muerto; después comprendió que esa risa indicaba la posibilidad de que Dreyfus no estuviera loco… (si los carceleros siguieran en sus puestos, sus mujeres se cuidarían).

Dreyfus no lo llevó al embarcadero. Nevers estaba tan preocupado que sólo advirtió eso más tarde, al recordar los hechos de ese día increíble.

Subieron al bote. Dreyfus remó vigorosamente. Llegaron a la isla del Diablo sin haber dicho una sola palabra.

Mientras amarraba el bote, Dreyfus perdió pie y cayó en el agua. Nevers se preguntó si no habría *intentado atacarlo*. No le permitió ir a mudarse de ropa.

XLIII

Su primera preocupación fue postergar el momento de ver a Deloge, el momento en que ese cadáver entraría, con atroces detalles, en su memoria. Dijo con autoridad:

—Ante todo, una visión de conjunto. Subamos.

Pasó por el escritorio; como en un sueño se vio mirando esos muebles viejos, diciéndose que la tragedia que le reservaban las islas de la Salvación, por fin había acaecido, y que él sentía un gran alivio; sin ningún alivio, trémulo, subió la escalera, avanzó por las galerías que hay sobre el patio y llegó hasta las celdas. Miró hacia abajo.

Era como si hubiera una comprensión *telepática* entre esos hombres. Como si supieran que algo espantoso había ocurrido; como si creyeran que eso mismo ocurriría a cada uno de ellos... Sus posturas (sus imperceptibles movimientos) eran de hombres que aguardan un ataque; quietos, merodeaban agazapados, como en un lentísimo baile, como en fintas contra un enemigo, contra un enemigo invisible para Nevers. Improvisó, otra vez, la hipótesis de la locura. Se preguntó si enfermos de una misma locura tenían, simultáneamente, las mismas visiones.

Después se fijó en el muerto. Deloge estaba acostado en el suelo, cerca de una de las paredes de la celda, con la blusa despedazada y con unas manchas atrozmente oscuras en el cuello.

Volvió a mirar a los otros. Así, en actitudes belicosas, parecían patéticamente indefensos. Nevers se preguntó qué odio justificaría la persecución y el asesinato de esos inválidos.

Dreyfus lo observaba inquisitivamente; empezó a caminar hacia la azotea. Nevers lo siguió. Bajaron; pasaron por el escritorio, por el patio.

En ese terrible momento se veía como desde afuera y hasta se permitió bromear consigo mismo: atribuyó —sin mucha originalidad— los «camouflages» del patio a un tal Van Gogh, un pintor modernista. Pensó que después él mismo quedaría en su memoria como en un infierno, haciendo bromas imbéciles en ese pintarrajeado patio de pesadilla y caminando hacia el horror. Sin embargo, cuando llegaron a la puerta de la celda tuvo suficiente calma para preguntar a Dreyfus:

—¿La puerta está con llave?

Dreyfus, temblando de miedo o de frío (había tanta humedad que no se le había secado la ropa), contestó afirmativamente.

—Cuando murió Deloge, ¿también estaba con llave?

Dreyfus volvió a contestar que sí.

—¿Hay otra llave además de la suya?

—Cómo no; en el escritorio, en la caja de los caudales. Pero la única llave de la caja de los caudales está en mi poder, desde que el señor gobernador enfermó.

—Está bien. Abra.

Esperaba participar de la energía de sus palabras. Tal vez lo consiguió un poco. Entró resueltamente en la celda. En el pelo y en la cara del cadáver estaba seco el sudor. La blusa despedazada y las marcas en el cuello eran, aun para un inexperto como él, evidentes rastros de pelea.

Afirmó, no sin alguna complacencia:

—Indudablemente: asesinato.

Se arrepintió. *Debía ocultarle esa idea a Dreyfus. Además* —trata de justificarse— *para Deloge el asunto ya no tenía importancia... y no debía permitir que este infinito sueño de la isla del Diablo me retuviera; debía evitar cuidadosamente toda posible postergación de mi regreso a Saint-Martin, a mi destino, a Irene. La investigación del crimen sería larga... Tal vez ya fuera tarde.*

XLIV

Se preguntó qué motivos habría tenido Dreyfus para matar a Deloge. Sin embargo, el mismo Dreyfus le había pedido que no fuera a la isla Real. ¿Lo había hecho para despistar? ¿O para que le impidiera el crimen, porque era un maniático, y mataba cuando estaba solo? *Pero hasta hoy Dreyfus estuvo solo con los enfermos...*

Salieron de la celda y la cerraron con llave. Guardó la llave. En el escritorio, Dreyfus abrió la caja de hierro; sacó un manojo de llaves; explicó, sin vacilaciones, a dónde correspondía cada una. Estaban todas. Nevers las guardó.

Mojado y lastimoso, Dreyfus lo seguía con humildad de perro. Nevers lo juzgó inofensivo; pero no le permitió ir a cambiarse. Se dijo que tenía una minuciosa responsabilidad y que Dreyfus era todavía el único sospechoso.

Se hallaba ante un creciente conjunto de misterios. ¿Eran independientes entre sí? ¿O estaban vinculados, formaban un sistema, tal vez todavía incompleto? Quiso consultar las instrucciones del gobernador. Dreyfus quiso ver a los enfermos; fueron a verlos. Nevers, para justificar este plural, alega el temor de que Dreyfus huyera o matara a alguien.

Adoptó, nuevamente, la hipótesis de que Dreyfus era el organizador de todo, consideró los fundamentos de las sospechas contra él y se encontró más seguro que nunca de su inocencia. Deseó fraternizar, confesar las sospechas que había tenido, para que Dreyfus se las disculpara, y poder enfrentar juntos los misterios. Postergó esa necesidad del alma; sabía que lo prudente era ser reservado hasta el fin. Al otro día llegaría Xavier, y él le haría una imparcial declaración de los hechos; si no llegaba Xavier, se embarcaría en la *Bellerophon* y declararía ante las autoridades de Cayena. Entonces recordó que Dreyfus lo había traído en el bote, y que la *Bellerophon* estaba en la isla Real.

XLV

Había que salir de esa indolencia —escribe—. *Para ganar tiempo (no tenía ningún plan), decidí registrar conscientemente la isla.* Cuando empezó a hablarle a Dreyfus, ya vio los peligros de su proposición y cambió la palabra «isla» por la palabra «casa». Tal vez no fuera prudente alejarse de las celdas; alejarse uno de otro, a esas horas de la noche, por los oscuros matorrales, era temerario.

Empezaron por el despacho de Castel. Dreyfus miró debajo del sofá, detrás de las cortinas, adentro de un ropero. *Si el criminal nos veía* —comenta Nevers— *perdíamos su respeto.* Se quedó inmóvil junto a la puerta, dirigiendo los movimientos de

Dreyfus, sin desatender el patio y el pabellón central. Después fueron al cuarto que Dreyfus llamaba «el laboratorio». Era grande, pobre, sucio y devastado; a Nevers le recordó la sala maloliente donde M. Jaquimot operaba a los perros y a los gatos de las solteronas de Saint-Martin. En un rincón había unas alfombras y dos o tres biombos; todos estos objetos estaban pintados como las celdas y como el patio. Nevers los comparó con la paleta de un pintor y dijo no sé qué vaguedades sobre la analogía entre las cosas (que sólo existía en quien las miraba) y sobre los símbolos (que eran el único modo que tenían los hombres para tratar la realidad).

—¿Qué significa eso? —preguntó, señalando los biombos.

Pensó que tal vez sirvieran para hacer experimentos con la vista de los enfermos (¿daltonianos?). Dreyfus pensaba de otro modo:

—Locura del cerebro —repetía, tristísimo—. ¿Usted sabe lo que hace? ¿Lo que ahora mismo está haciendo? En toda la noche no suelta un lápiz y un papel.

—¿Un lápiz azul y un papel amarillo? Lo he visto. ¿Qué hay de inquietante en eso?

Nevers se preguntó qué ocurriría en las celdas.

—Nada causa tanta gracia como un loco —Dreyfus convino, sonriendo—. Pero el señor gobernador da lástima. Ni los mejores bufos del circo. Ahí ronda declamando como un desmemoriado no sé qué vesanías de mares quietos y de monstruos, que de pronto se vuelven alfabetos. Entonces le sube el entusiasmo y se pone a fregar con el lápiz el papel. Para mí que se imagina que escribe.

—Esta busca es inútil —declaró Nevers—. Perdemos tiempo.

Iba a decir que miraran las celdas; cambió de idea. Demostraría que no estaba asustado. Habló con una voz plácida:

—El asesino puede seguir nuestro recorrido, atrás o adelante. Así nunca lo encontraremos. Debemos separarnos y emprender cada uno el trayecto en sentido contrario, hasta encontrarnos.

Dreyfus estaba visiblemente impresionado. Nevers conjeturó: se quedará en silencio o dará alguna excusa. Se quedó en silencio. Nevers no insistió. Tuvo un gran afecto por Dreyfus, y, con genuina compasión, notó una vez más su mojadura y su temblor. Dreyfus debió adivinar estos sentimientos.

—¿Puedo mudarme? —preguntó—. Me pongo la ropa seca y vuelvo en dos minutos.

Si estaba decidido a pasar unos minutos solo —admite el mismo Nevers— *debía de sentirse muy mal.*

Pero él quería volver inmediatamente a las celdas.

—¿Hay algún alcohol para beber? —preguntó.

Dreyfus contestó afirmativamente. Nevers le hizo tomar medio vaso de ron.

—Ahora nos vamos arriba, a ver a los enfermos.

Llegaron a los caminos que hay sobre el patio. Dreyfus iba adelante. De pronto se detuvo; estaba pálido (*con esa palidez grisácea de los mulatos*), y casi sin mover los músculos de la cara dijo:

—Otro muerto.

XLVI

Se asomó.

Inmenso, con la cara hinchada, mirando atrozmente hacia arriba, Favre yacía de espaldas en el piso de la celda, muerto. En las otras celdas no había novedades; el Cura y el gobernador seguían en su alarmante actitud de animales acorralados, ansiosos de huir o acometer.

Dreyfus y Nevers bajaron, abrieron la celda de Favre (estaba cerrada con llave) y entraron. El examen del cadáver los llevó a suponer que Favre había muerto por estrangulación, después de una lucha violenta.

Nevers estaba deprimido. Su presencia no molestaba al criminal. ¿Cómo oponerse a un hombre que estrangula a sus víctimas a través de las paredes de una cárcel? ¿La serie había concluido en Favre? ¿O faltarían aún los otros enfermos?

¿O faltaban todos los habitantes de la isla? Pensó que no era imposible que, desde alguna parte, los ojos del asesino lo vigilaran.

—Vamos a las celdas —ordenó con un brusco mal humor—. Usted se mete en la del Cura y yo en la de Castel. No quiero que los maten.

Tenía una deuda con el gobernador y ahora debía protegerlo. Dreyfus lo miró, indeciso. Nevers se desató el cinto con la pistola, y se lo dio.

—Tome un trago —le dijo—. Enciérrese en la celda del Cura y camine de un lado a otro. Con el movimiento y el ron se le pasará el frío. Con la pistola se le pasará el miedo. Si llamo, corra.

Se estrecharon la mano y cada uno se fue a la celda que debía vigilar.

XLVII

La celda del gobernador estaba cerrada con llave. Nevers abrió la puerta cuidadosamente y entró en puntas de pie, tratando de no hacer ruido. El gobernador estaba de espaldas a la puerta; no se volvió. Nevers cree que no lo oyó entrar. No sabía si cerrar la puerta con llave o no. Finalmente decidió cerrarla con llave, dejar la llave en la cerradura y quedarse junto a la puerta. El gobernador estaba de pie, de espaldas, con relación a Nevers; de frente, con relación a la pared que daba a la celda del Cura. Giraba (Nevers lo comprobó en un detenido examen) hacia la izquierda, con extrema lentitud. Él podría correrse progresivamente hacia la derecha y evitar que el gobernador lo viera. No era por miedo que haría esto, aunque la actitud del gobernador parecía amenazadora; quería evitar explicaciones sobre su retraso en Cayena; temía que el gobernador le exigiera el paquete que le había mandado Leitao.

Sin ansiedad, con distracciones, podía seguir los lentísimos movimientos del gobernador; le oyó murmurar unas palabras que no pudo entender; dio un paso hacia la derecha y se le acercó por la espalda. El gobernador calló. Nevers quedó inmóvil, rígido; estar de pie, sin moverse, fue, bruscamente, una difícil tarea. Los murmullos del gobernador empezaron de nuevo.

Trató de oír; se acercó mucho para oír. El gobernador repetía unas frases. Nevers buscó en los bolsillos un papel para anotarlas; sacó el sobre de las instrucciones. El gobernador empezaba a decir algo y en seguida se interrumpía, perplejo. Juntando fragmentos de frases, Nevers escribió en el sobre:

La medalla es el lápiz y la lanza es el papel, los monstruos somos hombres y el agua quieta es cemento, a, b, c, d, e, f, g, h, i, j, k, l, m, n, ñ, o, p, q.

El gobernador pronunciaba las letras con lentitud, como tratando de fijarlas, como si emprendiera, mentalmente, dibujos difíciles. En el papel dibujaba «a», «b», «c», con exultación progresiva; pasaba a hacer palotes y tachaduras. Se olvidaba del lápiz y del papel que tenía en la mano; lloraba; entonaba nuevamente «Los monstruos somos hombres…» y repetía el alfabeto, con incipiente esperanza, con la exultación de la victoria.

Nevers se dijo que debía leer las instrucciones. Pero el progreso del gobernador, aunque lentísimo, lo obligó a cambiar de lugar. Acostumbrado a moverse despacio, le pareció que se había alejado de la puerta, peligrosamente. Después comprendió que en dos saltos estaría junto a ella. Imaginar que la lentitud de los movimientos fuera simulada (pensó), era una locura. El gobernador había perdido la grisácea palidez; pequeño, rosado, y con su blanquísima barba, parecía un niño desagradablemente disfrazado de gnomo. Tenía los ojos muy abiertos y una expresión de infortunada ansiedad.

A pesar de las intenciones de mantenerse continuamente alerta, ese moroso baile recíproco lo cansaba. Pensó que no importaba distraerse un poco, ya que el más tardío movimiento bastaría para ponerlo fuera de la vista del gobernador. Siguiendo esa lánguida ocupación, olvidó, por momentos, que su atención no debía dirigirse tanto al gobernador como al increíble asesino que, de súbito, intervendría.

Después observó las manchas de pintura que había en las paredes y en el piso de la celda. Las paredes estaban pintadas con manchas amarillas y azules, con algunas vetas rojas. En el piso, junto a las paredes, había una guarda pintada con azul y amarillo; en el resto del piso, había combinaciones de los tres colores y grupos de sus colores derivados. Nevers anotó los siguientes grupos:

a) oro viejo,   b) lila,   c) escarlata,
    celeste,   limón,   azafrán,
    carmín;   bermellón;   azul marino;

d) añil,   e) azucena,
    canario,   oro,
    púrpura;   fuego.

La colchoneta, que estaba engarzada en la hendidura del piso, era añil, canario y púrpura. Recordó que todo el patio estaba pintado (como las paredes) con manchas amarillas y azules, con vetas rojas. La frecuencia de las vetas rojas era regular.

Esta peculiar regularidad le sugirió que detrás de todo ese tumulto de colores habría un designio. Se preguntó si ese designio tendría alguna vinculación con las muertes.

XLVIII

Nevers abrió el sobre y leyó:

«A Enrique Nevers:

Recibir esta carta lo indignará; sin embargo, debo escribirla. Convengo en que usted me ha dado claras y repetidas pruebas de no querer ningún trato conmigo. Usted dirá que esta carta es otra manifestación de mi increíble insistencia; pero también dirá que es una manifestación póstuma, ya que me considerará apenas menos muerto que un muerto y mucho más perdido que un moribundo. Convenga en que no me queda tiempo para insistencias futuras. Escúcheme con la tranquila certidumbre de que el Pedro Castel que usted ha conocido y repudiado no volverá a importunarlo.

»Empezaré por el principio; en el principio están las actitudes del uno con el otro. Usted llegó a estas islas con un prejuicio que lo honra, dispuesto a encontrar todo aborrecible. Yo, por mi parte, había hecho un descubrimiento, y necesitaba un colaborador. Los dolores que me afligieron en estos últimos años habían progresado, y entendí que me quedaba poco tiempo de vida.

»Necesitaba una persona capaz de transmitir mis hallazgos a la sociedad. Podía irme a Francia, pero no sin antes presentar mi renuncia y aguardar a que aceptaran mi renuncia, a que llegara un reemplazante. Ignoraba si podía aguardar tanto tiempo. Luego supe que usted venía a la colonia; supe que yo tendría como ayudante al autor de *Los Juicios de Oléron*. Le ruego que imagine mi alivio, mi júbilo, mi impaciencia. Yo lo esperaba confiado; me decía: es un hombre culto; la soledad y el invencible interés de mis descubrimientos hermanarán nuestras almas.

»Advertí, luego, que podría tener dificultades. Era indispensable hacer experimentos que involucraban indiferencia por las leyes de los hombres y hasta por la vida de ciertos hombres; o, por lo menos, que involucraban una fe definitiva en la trascendencia de mis descubrimientos. Yo sabía que usted era un hombre culto; no sabía más. ¿Consentiría en que se hicieran esos experimentos? ¿La vida me alcanzaría para convencerlo?

»Lo esperaba, pues, con una justificada ansiedad. Esta ansiedad, las ocultaciones que fueron indispensables y su prejuicio contra todo lo que había en las islas, produjeron en usted una justificada repugnancia. En vano traté de vencerla. Permítame asegurarle que ahora siento por usted una aversión muy viva. Créame, también, que si le encargo transmitir mi descubrimiento y si le dejo parte de mis bienes es porque no me queda otra solución.

»De Brinon no es capaz de transmitir el invento. Tiene habilidad manual; le he enseñado a trabajar; convendrá utilizarlo en las primeras transformaciones que se hagan; pero De Brinon es un enfermo. Consideremos a Bordenave: por su condición de liberado, Bordenave no puede salir de la colonia; por su condición de subalterno, no se hará escuchar. Yo podría confiar el invento a los amigos que tengo en Francia. Pero, hasta que la carta llegue a Francia, hasta que ellos tomen las providencias indispensables, ¿qué pasará? ¿Qué pasará con las pruebas de la validez de mis afirmaciones, con mis pruebas de carne y hueso? Mi invención es trascendental —como usted mismo advertirá— y para que no se pierda, no me queda otra alternativa que dejársela a usted; confío en que a usted no le quedará otra alternativa que aceptar un encargo hecho tan involuntariamente.

»Creía contar con cierto tiempo; muy pronto me convencí de que debía tomar una resolución inmediata. Los dolores aumentaban. Mandé a usted a Cayena para que trajera, además de los víveres y de las otras cosas que ya escaseaban en el presidio, un calmante que me permitiese olvidar el mal y trabajar. O el señor Leitao realmente no tenía el calmante —lo que es difícil de creer— o usted no quiso traerlo. Los males se agravaron hasta ser intolerables; me resolví a dar yo mismo el paso que, por motivos morales, les hice dar a los penados Marsillac, Favre y Deloge, el paso que, por motivos morales fundados en mentiras que usted me dijo, intenté que usted diera; desde ahora ceso como hombre de ciencia, para convertirme en un tema de la ciencia; desde ahora no sentiré dolores, oiré (para siempre) el principio del primer movimiento de la *Sinfonía en mi menor*, de Brahms.

»Acompaño esta carta con la explicación de mis descubrimientos, los métodos de aplicación, y la disposición de mis bienes.»

Nevers dio vuelta la hoja; en la página siguiente leyó:

DISPOSICIÓN DE BIENES

«En la isla del Diablo, a 5 días del mes de abril de 1914… Si el gobierno francés accede a cualquiera de las dos peticiones (a y b) que más abajo expongo, una décima parte de mis bienes deberá entregarse, como retribución de servicios prestados, al teniente de navío Enrique Nevers.

»a) Que yo, gobernador de la colonia, y los penados Marsillac, Deloge y Favre, hasta nuestra muerte sigamos alojados en estas celdas, cuidados por el liberado Bordenave, mientras viva, y, después, por el cuidador que se nombre, quien deberá observar las instrucciones que dejo al citado Bordenave.

»b) Que yo, gobernador de la colonia, y los penados Marsillac, Deloge y Favre, seamos transportados en un barco, en cuatro cabinas pintadas como estas celdas, hasta Francia, y que allí se nos aloje en una casa que deberá construirse en mi propiedad de St. Brieuc; esa casa tendrá un patio idéntico al de este pabellón y cuatro celdas idénticas a las que ahora habitamos.

»Si cualquiera de estas peticiones fuera aceptada, los gastos se pagarán con las restantes nueve décimas partes de mis bienes, que deberán depositarse...»

Siguen indicaciones para la pintura del cielo raso de las celdas (observo: las celdas de la isla no tienen techo); recomendaciones para el cuidador; amenazas al gobierno (en previsión de que éste no acceda a ninguna de las peticiones; dice enfáticamente: «responsable ante la posteridad...»); y una misteriosa cláusula final: «Si después de la muerte de todos nosotros (incluso Bordenave), quedara un remanente de mis bienes, deberá entregarse a la R. P. A.» El significado de estas iniciales es un enigma que no he resuelto; lo confío a la escrutadora liberalidad del lector.

XLIX

Declara Nevers que una vanidosa vergüenza y un mal contenido arrepentimiento (por su conducta con el gobernador) le oscurecían la mente y que debió hacer un gran esfuerzo para entender esas páginas asombrosas; reconoce que durante un cuarto de hora, más o menos, se olvidó de vigilar al gobernador; pero afirma que su distracción no era tan grande como para que la entrada y salida de un criminal pasara inadvertida, y le concedo la salvedad, porque la lectura que lo ocupaba no era apasionante, y porque, fuera de las novelas, no son habituales estas distracciones absolutas. Estamos, pues, dispuestos a compartir su opinión de que nada capaz de impresionar imperiosamente los sentidos ocurrió antes de que él acabara de leer la disposición de bienes de Castel; lo que pasó después entra en la categoría de hechos que tuvieron un testigo; que el testigo mienta, se engañe o diga la verdad, es cuestión que sólo podrá resolverse por un estudio lógico del conjunto de sus declaraciones.

Nevers dice que oyó unos quejidos ahogados; que hubo un momento en que los oyó casi inconscientemente, y otro en que empezó a atenderlos; que esta sucesión, aunque precisa en su mente, fue rápida. Cuando levantó los ojos, el gobernador estaba en la misma posición que tenía cuando él entró, pero con los brazos extendidos hacia adelante, tambaleándose. Lo primero que pensó Nevers fue que, increíblemente, le había dado tiempo para cambiar de postura y para verlo, y se preguntó si el rostro del gobernador estaría tan amoratado y tan lívido por el horror de verlo en la celda; se preguntó esto confundiendo con sonambulismo el estado de Castel y recordando la afirmación de que es peligroso despertar a los sonámbulos. Se movió para socorrer al gobernador, aunque secretamente contenido por una inexcusable repugnancia de tocarlo (esta repugnancia no estaba relacionada con el aspecto del gobernador, sino con su estado, o, mejor dicho, con la asombrada ignorancia que tenía Nevers sobre su estado). En ese momento lo detuvieron unos gritos de Dreyfus, que pedía socorro. Nevers confiesa que pensó: está ultimando al Cura; después dirá que murió, inexplicablemente, ante sus ojos. En ese cortísimo lapso se preguntó también si la actitud del gobernador se debería a un conocimiento de la situación del Cura, y cómo se produciría esa misteriosa comunicación entre los enfermos. Su indecisión duró unos instantes; en esos instantes, el gobernador se desplomó; cuando Nevers le preguntó qué le ocurría, ya agonizaba. Entonces golpearon a la puerta; la abrió; Dreyfus entró desordenadamente y le pidió que fuera a ayudarlo: el Cura se contorsionaba y se quejaba como si estuviera muriéndose, él no sabía qué hacer…; por fin calló, porque vio el cadáver del gobernador.

—Créame —gritó despúes de una pausa, como si hubiera llegado a una conclusión—, créame —volvió a gritar, con patética alegría—, el pobre sabe, sabe lo que pasa.

—Aquí no tenemos nada que hacer —dijo Nevers tomando a Dreyfus de los hombros y empujándolo hacia afuera; sabía cuánto debía impresionarlo la muerte del gobernador—. Salvemos al Cura.

Entonces, al salir Nevers empujando a un Dreyfus súbitamente privado de voluntad, habría ocurrido otro hecho asombroso. Nevers afirma que unas manos (o que sintió que unas manos), blandamente, sin ninguna fuerza, le apretaron, de atrás, el cuello. Se volvió. En la celda sólo estaba el cadáver.

L

—A salvar al Cura —gritó Dreyfus; por primera vez la impaciencia se traslució en su rostro.

Nevers no tenía prisa. Ni siquiera pensaba en el Cura. Pensaba en la carta del gobernador; en las instrucciones que el gobernador decía dejarle, pero que él no había recibido. Detuvo a Dreyfus.

—El señor Castel dice que me deja la explicación de unos descubrimientos que ha hecho. Aquí sólo tengo una carta y una disposición de bienes.

—Y a eso llamará explicación —replicó Dreyfus, en tono de reproche—. Corramos a salvar al Cura.

—Vamos —asintió Nevers—. Pero después yo me voy a la isla Real y aclaro el punto con De Brinon.

Ahora Dreyfus lo tomó del brazo y lo obligó a detenerse; le habló con apasionada convicción:

—No sea temerario.

Nevers lo obligó a caminar. Llegaron a la celda del Cura.

—Cate —gritó Dreyfus—. Cate si no es verdad lo que yo digo. Sabe lo que ha pasado.

Dice Nevers que, en efecto, el Cura parecía conmovido: apenas podía respirar y tenía los ojos como salidos de las órbitas.

Nevers indicó a Dreyfus que no hablara; explicó en voz baja:

—Sí, tal vez sepa. Pero mejor no decirle nada, por si acaso. Me gustaría llevarlo al escritorio.

—¿Al escritorio? —preguntó Dreyfus, perplejo—. Pero usted sabe… no hay que sacarlos de las celdas…

—Los otros no salieron de las celdas…

El rostro de Dreyfus volvió a expresar la enigmática ironía.

—Ya veo —declaró, como si entendiera—. Ya veo. Usted piensa que estará más protegido.

Nevers se dirigió al Cura:

—Señor Marsillac —dijo con voz clara—, deseo que nos acompañe al escritorio.

El Cura pareció oír, no esa frase inofensiva: algo terrorífico. Estaba demudado, temblaba (lentamente).

—Vamos a cargarlo —ordenó Nevers—. Usted lo toma de abajo de los brazos; yo, de las piernas.

La tranquila decisión con que fueron dichas estas palabras obligó a Dreyfus a obedecer. Pero cuando cargaron al Cura, el mismo Nevers sintió pavor. Balbuceó:

—Está muerto.

Estaba rígido. Dreyfus aclaró:

—Son así.

Entonces Nevers advirtió que el Cura se movía obstinadamente, lentamente.

El esfuerzo que hacía el Cura por librarse de ellos empezaba a cansarlos.

Dreyfus miró a su alrededor, como esperando encontrar a alguien que lo socorriera. Cuando llegaron al patio, el Cura gritó:

—Me ahogo. Me ahogo.

Articulaba lentamente, como si lentamente contara las sílabas de un verso.

—¿Por qué se ahoga? —preguntó Nevers olvidando que el Cura era sordo.

—No me dejan nadar —contestó el Cura.

Lo soltaron.

LI

Dijo a Dreyfus:

—Vamos a cargarlo de nuevo.

El Cura parecía aterrorizado; silabeando, gritó:

—Monstruos.

Lo cargaron. Se debatía, rígido, casi inmóvil. Repitió:

—Monstruos.

Nevers le preguntó:

—¿Por qué nos llama monstruos?

—Me ahogo —gritó el Cura—. Me ahogo.

Lo soltaron. Volvió a emprender su lenta peregrinación hacia la celda.

—Dígame por qué se ahoga —preguntó Nevers.

El Cura no contestó.

—Vamos a llevarlo al escritorio —dijo Nevers, con firme resolución.

Lo cargaron. No era fácil llevar ese cuerpo rígido. El Cura gritaba:

—Me ahogo. Me ahogo.

—No lo suelto si no me dice por qué se ahoga —replicó Nevers.

—Las aguas quietas —balbuceó el Cura.

Lo llevaron hasta el fondo del escritorio, hasta la pared más alejada del patio. En seguida el Cura empezó a caminar hacia la puerta, lentamente. El espanto no abandonaba su rostro.

Nevers estaba distraído. No se inquietó al sentir en la nuca la presión de unas manos débiles, como de fantasma. Había encontrado en el escritorio una carpeta con el título: *Explicación de mi experiencia; instrucciones a Enrique Nevers*. Adentro había unas notas sueltas, que debían de ser el primer borrador de la explicación. Distraídamente vio que el Cura avanzaba, como una estatua, hacia la puerta del patio.

LII

«A menos que una cosa pueda simbolizar otra, la ciencia y la vida cotidiana serán imposibles.»

H. ALMAR, *Transmutaciones* (*Tr.*, I, v, 7)

Nevers leyó:

«1. — La vida y el mundo, como visión de un hombre cualquiera: Vivimos sobre piedras y barro, entre maderas con hojas verdes, devorando fragmentos del universo que nos incluye, entre fogatas, entre fluidos, combinando resonancias, protegiendo lo pasado y lo por venir, dolorosos, térmicos, rituales, soñando que soñamos, irritados, oliendo, palpando, entre personas, en un insaciable jardín que nuestra caída abolirá.

»Visión de la física: Una opaca, una interminable extensión de protones y de electrones, irradiando en el vacío; o, tal vez (fantasma de universo), el conjunto de irradiaciones de una materia que no existe.

»Como en una criptografía, en las diferencias de los movimientos atómicos el hombre interpreta: ahí el sabor de una gota de agua de mar, ahí el viento en las oscuras casuarinas, ahí una aspereza en el metal pulido, ahí la fragancia del trébol en la hecatombe del verano, aquí tu rostro. Si hubiera un cambio en los movimientos de los átomos este lirio sería, quizá, el golpe de agua que derrumba la represa, o una manada de jirafas, o la gloria del atardecer. Un cambio en el ajuste de mis sentidos haría, quizá, de los cuatro muros de esta celda la sombra del manzano del primer huerto.»

«¿Cómo sabes que el pájaro que cruza el aire no es un inmenso mundo de voluptuosidad, vedado a tus cinco sentidos?»

WILLIAM BLAKE

«2. — Admitimos el mundo como lo revelan nuestros sentidos. Si fuéramos daltonianos ignoraríamos algún color. Si hubiéramos nacido cie-

gos ignoraríamos los colores. Hay colores ultra-
violetas, que no percibimos. Hay silbatos que
oyen los perros, inaudibles para el hombre. Si los
perros hablaran, su idioma sería tal vez pobre en
indicaciones visuales, pero tendría términos para
denotar matices de olores, que ignoramos. Un
sentido especial advierte a los peces el cambio de
las presiones del agua y la presencia de rocas u
otros obstáculos profundos, cuando nadan en la
noche. No entendemos la orientación de las aves
migratorias, ni qué sentido atrae a las mariposas
liberadas en puntos lejanos, en una vasta ciudad,
y a las que une el amor. Todas las especies animales que aloja el mundo viven en mundos distintos.
Si miramos a través del microscopio la realidad
varía: desaparece el mundo conocido y este fragmento de materia, que para nuestro ojo es uno y
está quieto, es plural, se mueve. No puede afir-
marse que sea más verdadera una imagen que la
otra; ambas son interpretaciones de máquinas
parecidas, diversamente graduadas. Nuestro
mundo es una síntesis que dan los sentidos, el
microscopio da otra. Si cambiaran los sentidos
cambiaría la imagen. Podemos describir el mundo como un conjunto de símbolos capaces de expresar cualquier cosa; con sólo alterar la graduación de nuestros sentidos, leeremos otra palabra
en ese alfabeto natural.

»3. — Las células nerviosas del hombre son
diversas, de acuerdo a la diversidad de los senti-

dos. Pero hay animales que ven, que huelen, que palpan, que oyen, por un solo órgano. Todo empieza en la evolución de una célula. *A noir, E blanc, I rouge*... no es una afirmación absurda; es una respuesta improvisada. La correspondencia entre los sonidos y los colores existe. La unidad esencial de los sentidos y de las imágenes, representaciones o datos, existe, y es una alquimia capaz de convertir el dolor en goce y los muros de la cárcel en planicies de libertad.

»4. — *Los muros de la cárcel en planicies de libertad:*

»Esta cárcel en donde escribo, estas hojas de papel, solamente son cárcel y hojas para una determinada graduación sensorial (la del hombre). Si cambio esta graduación, esto será un caos en donde todo, según ciertas reglas, podrá imaginarse, o crearse.

»Aclaración:

»Vemos a la distancia un determinado rectángulo, y creemos ver (y sabemos que es) una torre cilíndrica. William James afirma que el mundo se nos presenta como un indeterminado flujo, una especie de corriente compacta, una vasta inundación donde no hay personas ni objetos, sino, confusamente, olores, colores, sonidos, contactos, dolores, temperaturas... La esencia de la actividad mental consiste en cortar y separar aquello que es un todo continuo, y agruparlo, utilitariamente, en objetos, personas, animales, vegetales… Como literales sujetos de James, mis pacientes se enfrentarán con esa renovada mole, y en ella tendrán que remodelar el mundo. Volverán a dar significado al conjunto de símbolos. La vida, las preferencias, mi dirección, presidirán esa busca de objetos perdidos, de los objetos que ellos mismos inventarán en el caos.

»5. — Si los pacientes, después de transformados, enfrentaran libremente el mundo, la interpretación que darían a cada objeto escaparía a mi previsión. Hay, tal vez, un orden en el universo; hay, ciertamente, un orden en mis operaciones… Pero ignoro si me alcanza la vida para investigar el criterio de interpretación.

»Un punto capital era, pues, enfrentar a los pacientes con una realidad que no abundara en elementos. Enumérese una habitación corriente: sillas, mesas, camas, cortinas, alfombras, lámparas… Ya la interpretación de una silla me pareció un problema agotador.

»Mientras pensaba en esto, comenté: sería un sarcasmo devolverles la libertad en sus propias celdas. Muy pronto me convencí de que había dado con la solución de mis dificultades. Las celdas son cámaras desnudas y para los transformados pueden ser los jardines de la más ilimitada libertad.

»Pensé: para los pacientes, las celdas deben parecer lugares bellos y deseables. No pueden ser las casas natales, porque mis hombres no verán la infinidad de objetos que había en ellas; por la misma razón, no pueden ser una gran ciudad. Pueden ser una isla. La fábula de Robinson es una de las primeras costumbres de la ilusión humana y ya *Los trabajos y los días* recogieron la tradición de las Islas Felices: tan antiguas son en el sueño de los hombres.

»Luego, mis problemas fueron: preparar las celdas de modo que los pacientes las percibieran y las vivieran como islas; preparar a los pacientes de modo que exhumaran una isla del tumultuoso conjunto de colores, de formas y de perspectivas, que serían, para ellos, las celdas. En estas interpretaciones podía influir la vida de cada sujeto. Como yo haría en cada uno cambios iguales, y como les presentaría realidades iguales, para evitar desagradables sorpresas en las interpretaciones me convenía elegir hombres cuyas vidas no fueran muy disímiles. Pero son tantas las circunstancias y las combinaciones, que buscar vidas no muy disímiles posiblemente es una indagación vana; sin embargo, el hecho de que todos los pacientes hubieran pasado más de diez años, los últimos, en la cárcel común, me pareció promisorio.

»Consideré, también, que si los dos o tres meses anteriores a la operación, los dedicaba a preparar, a educar a los pacientes, el riesgo de interpretaciones inesperadas disminuiría. Desperté en mis hombres la esperanza de libertad; les reemplacé el anhelo de volver al hogar y a las ciudades por el antiguo sueño de la isla solitaria. Como niños, diariamente me pedían que les repitiera la descripción de esa isla donde serían felices. Llegaron a imaginarla vívidamente, obsesivamente.»

Nota de Nevers: *Hablé con Favre y con Deloge durante ese período preparatorio. Sin duda les ordenó que no hablaran con nadie para que mantuvieran pura la obsesión, y para evitar, en la gente de afuera, conclusiones desconfiadas y erróneas (como las mías).*

»6. — Programa: operar en el cerebro y a lo largo de los nervios. Operar en los tejidos (epidermis, ojo, etc.). Operar en el sistema locomotor.

»Reduje la velocidad de sus movimientos; fueron más penosos. Al recorrer la celda debían hacer el esfuerzo de recorrer una isla.»

Nota de Nevers: *Esto explica la rigidez del Cura, cuando lo alzamos para llevarlo al escritorio.*

»Para protegerlos de los ruidos, que podrían comunicar una realidad contradictoria (la nuestra), combiné el oído con el tacto. La persona u objeto productor de sonido debe tocar al paciente para que éste oiga.»

Nota de Nevers: *Por eso Castel no me oía; por eso a veces oían a Dreyfus, y a veces no; por eso me oyó el Cura cuando lo llevábamos al escritorio.*

»Estas combinaciones de sentidos suelen producirse en estados patológicos y, aun, en estados de salud. Las más frecuentes son las síntesis de sensaciones auditivas con sensaciones cromáticas (de nuevo: *A noir, E blanc...*) o de sensaciones auditivas o cromáticas con sensaciones gustativas.

»Les modifiqué el sistema visual. Ven como por lentes de larga vista puestos al revés. La superficie de una celda puede parecerles una pequeña isla.

»Para que desaparecieran (visualmente) las paredes de las celdas, era indispensable cambiar en mis hombres el sistema dimensional. Copio un párrafo del tratado de la doctora Pelcari: "Hay partes de la membrana del ojo especialmente sensibles a cada color; hay células que analizan los colores; otras combinan las sensaciones cromáticas y las luminosas; las neuronas del centro de la retina permiten apreciar el espacio; el sistema cromático y el sistema dimensional tienen su punto de partida en el ojo, en células originalmente idénticas y luego diversificadas". Sobre este punto véase también a Suárez de Mendoza, Marinesco, Douney. Resolví el problema combinando las células cromáticas con las espaciales. En mis pacientes, las células sensibles a los colores perciben el espacio. Los tres colores esenciales dieron las tres dimensiones: el azul el ancho, el amarillo el largo, el rojo el alto.»

Nota de Nevers: *¿Un daltoniano estaría en un mundo bidimensional? ¿Un daltoniano puro —que sólo ve un color—, en un mundo unidimensional?*

«Una pared vertical, pintada de azul y de amarillo, aparecería como una playa; con ligeros toques rojos, como un mar (el rojo daría la altura de las olas).

»Con diversas combinaciones de los tres colores organicé, en las celdas, la topografía de las islas. En un segundo período preparatorio, inmediatamente posterior a la operación, confronté a los pacientes con esas combinaciones. Ellos nacían, de nuevo, al mundo. Debían aprender a interpretarlo. Los guié para que vieran aquí una colina, aquí un mar, aquí un brazo de agua, aquí una playa, aquí unas rocas, aquí un bosque…

»Mis pacientes perdieron la facultad de ver los colores como colores.

»Combiné la vista con el oído. Los otros hombres oyen, más o menos bien, a través de un cuerpo sólido. Los transformados ven a través de un cuerpo sólido y opaco. Con esto perfeccioné la abolición visual de los límites de la celda.

»La primera de mis operaciones determinó una imprevista asociación de nervios táctiles, visuales y auditivos; como consecuencia, el paciente pudo tocar a distancia (como oímos a distancia y a través de sólidos; como vemos a distancia y a través de sólidos transparentes).

»Por falta de tiempo para comparar y resolver no introduje cambios en mis operaciones; repetí siempre la primera: todos mis pacientes gozan de esa facultad, quizá benéfica, de tocar a distancia.»

Notas de Nevers: *1) Esto explica las tenues presiones, como de manos blandas, en mi nuca. 2) Al tocar a través de una pared, ¿la sienten dolorosamente, o como nosotros sentimos un gas o un líquido, o no la sienten? Aunque para oír requieren la excitación de los centros táctiles, supongo que, de algún modo, están anestesiados; si no lo estuvieran, la vista y el tacto les darían informaciones contradictorias.*

»7. —Visión panorámica del hombre que está en la isla, o celda, central: bordeando la isla, las playas (franja amarilla y azul, casi totalmente desprovista de rojo); luego, los brazos de mar (las paredes); luego, las otras islas, con su poblador, y sus playas; luego, hasta el horizonte, islas rodeadas por brazos de mar (las anteriores, reflejadas en los espejos de las paredes periféricas).

»Visión de los pobladores de las islas periféricas: por tres lados ven las otras islas; por los espejos, su propia isla, las otras y las que reflejan los espejos de las otras.»

Nota de Nevers: *El piso del patio está pintado como las paredes de la celda central. Esto explica el temor de ahogarse, expresado por el Cura. Castel rodeó las islas por este mar aparente, para que los transformados no emprendieran viajes a regiones de imprevisible interpretación. Los espejos de las celdas periféricas proponen imágenes conocidas, que alejan los inconjeturables fondos del patio.*

»8. —Otra posibilidad: Cambiar las emociones (como las cambian los tónicos o el opio). El mundo logrado se hubiera parecido a la borrachera, al cielo o al amor: intensidades incompatibles con la inteligencia.

»Otra: Para curar dementes: cambiarles la percepción de la realidad, de modo que se ajuste a su locura.

»Otra (para investigadores futuros): En hombres cuya personalidad y memoria son horribles, transformar, no meramente la percepción del mundo, sino también la del yo; lograr, por cambios en los sentidos y por una adecuada preparación psicológica, la interrupción del ser y el nacimiento de un nuevo individuo en el anterior. Pero, como el deseo de inmortalidad es, casi siempre, de inmortalidad personal, no intenté la experiencia.

»El mundo…»

(Aquí se interrumpen las notas de Castel).

Sospecho que para evitar interpretaciones impre-
visibles, Castel resolvió que se hablara, se alimenta-
ra, se lavara, a los transformados, cuando duermen
(cumplir órdenes y aun tener breves diálogos sin des-
pertarse, es una fácil costumbre, espontánea en mu-
chos adultos y en casi todos los niños).

Alteración de las horas de vigilia y de sueño:
Convenía que las celdas no tuvieran techo; convenía
que la luz diurna alcanzara a los transformados. La
interpretación del cielo hubiera sido un problema
arduo. El cambio de horas obvia estas dificultades.

Los animales de la isla del Diablo: Recuerdo el
caballo viejo, que Favre creía loco. No reconocía el
pasto. Sin duda fue uno de los primeros transforma-
dos de Castel; sin duda, los animales que tenía Cas-
tel en la isla del Diablo —todos locos, según Favre—
sirvieron para experimentos.

Transformación de Castel. Sin mayor dificultad
habrá visto las celdas como islas y las manchas como
playas, mares o colinas: durante meses pensó unas
como representaciones de las otras (cuando concibió
la pintura de las celdas; cuando la ejecutó; cuando
preparó a los transformados).

En mi opinión, el gobernador estaba seguro de
participar del sueño de las islas, que infundió en
otros; pero de perder para siempre nuestra visión de

la realidad, tuvo miedo; en algún momento tuvo miedo. Por eso repetía las letras y quería dibujarlas; por eso trataba de recordar que la lanza (un papel amarillo; es decir, una mancha amarilla; es decir, una longitud) era, también, un papel; de recordar que la medalla (un lápiz azul; es decir, una mancha azul; es decir, una anchura) era, también, un lápiz; de recordar que las temibles aguas quietas que lo rodeaban eran, también, cemento.

En cuanto a su enigmática aseveración de que ya no sentiría dolores, sino que oiría, para siempre, el principio del primer movimiento de la Sinfonía en mi menor, de Brahms, veo sólo una explicación posible: que el gobernador haya logrado, o intentado, transmutar las sensaciones de su dolor en sensaciones auditivas. Pero como ningún dolor se presenta siempre en la misma forma, nunca sabremos qué música está oyendo Castel.

¿Cómo se ven, unos a otros, los transformados? Tal vez como barajadas y móviles perspectivas, sin ninguna similitud con la forma humana; más probablemente, como hombres (al mirar sus propios cuerpos encuentran las mismas perspectivas que ven en los demás; no es imposible que esas perspectivas tomen, para ellos, la forma humana —como otras tomaron la forma de islas, de colinas, de mares, de playas—; pero tampoco es imposible que las perspectivas —vistas, meramente, como tales— sean la única imagen humana que ellos ahora conocen).

El Cura no vio hombres; vio monstruos. Se encontró en una isla, y él, en una isla, en el Pacífico, había tenido su más vívida experiencia, el sueño horrendo que era la clave de su alma: en la locura del sol, del hambre y de la sed, había visto a las gaviotas que lo acosaban y a sus compañeros de agonía, como un solo monstruo, ramificado y fragmentario.

Esto explica el cuadro vivo, el lentísimo ballet, *las posturas relativas de los transformados. Se veían a través de las paredes. El Cura los acechaba. En estas Islas Felices el Cura había encontrado su isla de náufrago, había emprendido su delirio central, la cacería de monstruos.*

Tocaban a distancia y a través de las paredes. El Cura los estranguló. Se vieron ceñidos con las manos del Cura y, por asociación de ideas, padecieron estrangulación. Toda fantasía es real para quien cree en ella.

En mi nuca la presión de sus manos fue suave. Mis movimientos eran rápidos para él; no le di tiempo...

Hasta en Dreyfus y en mí (que no estábamos pintados) vio monstruos. Si se hubiera visto a sí mismo, quizá no hubiese interpretado como monstruos a los demás. Pero era présbita, y sin anteojos no veía su propio cuerpo.

¿Por qué repetía Castel los monstruos somos hombres? *¿Porque se lo habrá repetido al Cura tratando de convencerlo? ¿O porque él mismo habrá*

temido, para cuando estuviera en su archipiélago, verse rodeado de monstruos?

De Julien, uno de los «enfermos» de la isla del Diablo, no hallé rastros. Como todos los descubrimientos, la invención de Castel exige, exigirá víctimas. No importa. Ni siquiera importa a dónde se llegue. Importa el exaltado, y tranquilo, y alegre, trabajo de la inteligencia.

Amanece. He oído, creo, un disparo. Me asomaré. Después vuelvo...

Estas líneas son las últimas que escribió Nevers.

LIII

Fragmentos de una carta del teniente de navío Xavier Brissac, fechada en las islas de la Salvación, el 3 de mayo.

Pierre engañó a Irene, me acusa del robo de los documentos, me calumnia... Creo recordar que la misma acusación motivó el exilio de Enrique. Sin embargo, Pierre ordenará mi regreso. No ignora que las copias de la correspondencia de Enrique cayeron en mis manos.

Me alegro de que la valentía demostrada por Enrique durante la revuelta, haya sido premiada con esa condecoración póstuma. La mereció, estric-

tamente, por la influencia de nuestra familia y por el informe que te mandó Bordenave, alias Dreyfus.

Por ahora no hablaré de su eventual responsabilidad en la conjuración de los penados. Te aseguro, sin embargo, que la investigación progresa. Las llaves del depósito de armas estaban en su poder; los rebeldes no forzaron la puerta para entrar...

Sobre Enrique tenemos, todavía, noticias contradictorias. Algunos penados declaran que fue asesinado por Marsillac, alias el Cura; otros, capturados en las Guayanas, que huyó en un bote, con el pretexto de perseguir a De Brinon. Debo reconocer que en un tal Bernheim, un presidiario, encontré al más decidido y útil de los informantes.

Te envío algunos objetos que pertenecieron a Enrique. Entre ellos, una sirena de oro, milagrosamente salvada de la codicia de los presidiarios.

Los últimos sucesos afectaron a Bordenave. A veces me pregunto (recordando la idiotez del secretario), si Castel no lo habrá «transformado»... En todo caso, el hombre no parece completamente normal... Le inspiro odio y pavor. Comprendo que estos sentimientos se deben a un desequilibrio de Bordenave; que mi parte en ellos es mínima. Los veo, sin embargo, como signos de una adversa providencia.

Sé que te remitió un sobre con la última carta de Enrique. Lo sé por informes de los presidiarios. No imagines que él me consultó...

Ahora ha desaparecido. Ordené que lo prendan: es un delincuente peligroso. Además oigo rumores de que su intención es delatarme, declarar que maté a Enrique. Pienso con misericordia que esa absurda mentira pueda llegar a Saint-Martin, y ser empleada por Pierre para torturar a mi idolatrada Irene, para reprocharle su pasión hacia mí...

Etcétera.